やさぐれ天使は
落ちこぼれ悪魔に甘すぎる

小中大豆

Splush文庫

contents

プロローグ

——どうしてこんなことになったのだろう。

というか、こんなことがどんなことなのかもよくわからない。己《おのれ》の身に何が起こったのか、夜羽《よはね》はまったく理解できずにいた。

「あ……あなた方はどなたですか。ここはどこですかっ」

わかっているのは、全身を紐《ひも》でぐるぐる巻きにされ、汚れた床に転がっていること。そんな夜羽を、見知らぬ三人の男が見下ろしていること。

「んーぐっ、よっ、夜羽様ぁっ」

ガタガタという物音と聞き慣れた声がして、背後へ身体を傾けると、子熊くらいの大きさのジャイアント・パンダが亀甲縛《きっこうしば》りにされてもがいていた。

「シャ、仙仙《シャンシャン》っ！」

お前はなぜ、そんないかがわしい姿に。

「うん、間違いなく悪魔ですね。ちなみにパンダは、悪魔のしもべ妖精でしょう」

三人のうち、金髪碧眼《へきがん》のやたら美形な男がにこやかに言った。その隣で、ひょろっとした地味顔の青年が「マジっすか。やべーっ」とはしゃいでいる。

「まじやべえ。めちゃくちゃ美人じゃないっすか。銀髪ロン毛って二次元キャラみたいだなあ。綺麗《きれい》だけど男の人ですよね？　てか、この頭の角、羊の角なんすか？」

そのまた隣にいる赤毛に無精《ぶしょう》ヒゲの男が、はしゃいでまくし立てる青年を見て、はあっとため息をつく。

「適当にやって、本物を呼び出しちまったか」

三人の男の中でただ一人、苦い顔をする男。夜羽は赤毛に淡い紫色の目をしたその男の容姿に釘付けになった。

（え、うそ、すごい……この人、カッコいい）

ものすごく好みの顔だ。ドストライク、性癖のど真ん中。

その身を拘束され、自分がどこにいるのかもわからないというのに、我を忘れて男に見《み》惚《と》れてしまった。

よれたスーツを着た、目つきの鋭い男だ。

しかし顔立ちは整っていた。美しいと言うなら、金髪の男のほうが美を体現しているだろう。赤毛のほうは粗削りで、けれど野性味がある。それに身体つきもいい。くたびれたスーツの上からでもよくわかる、発達した大胸筋。

疲《つか》れた顔をして、全体的にくたびれた雰囲気が伝わってくるが、そんなところも好みだった。

（……誰。すごい……すっっっごくカッコいい！）

男に心も語彙力《ごいりょく》も奪われた夜羽は、亀甲縛りにされたパンダが「夜羽様、お気を確かに！」と叫んでいるのにも気づかなかった。

男は人間で言うなら、三十半ばか後半、この渋さはアラフォーくらいだろうか。そう、人間で言うなら……。

「え、人間っ？」

この三人のいるあたりから、人間の気配がする。夜羽が叫ぶと、金髪男が「おしい」と返した。

「人間なのはこちら、我々のクライアントのモブ田さんです」

「いや群田《むれた》っす」

金髪に地味顔のモブ田が続き、「どうも」と頭を下げた。

「どうしてここに、人間が……」

夜羽のつぶやきに、モブ田は「いやいや」とおかしそうに手を振る。

「っつーかここ、人間界ですから。俺んちですから」

言われて、ぐるりとあたりを見回した。狭い物置のような部屋。ゴミがあちこちに落ちている。すごく汚いし臭い。それにこの茶色っぽく変色した床は、「畳《たたみ》」というやつではないだろうか。

さらにその畳に、黒い模様が描かれているのに気付いた。ぐるりと夜羽を取り囲むようにして、その中に複雑な円陣や文字が描かれている。

「これ……魔法陣《まほうじん》。私の魔法陣だ」

異界の者が、魔界にいる悪魔を呼び出すための魔法陣。歪《いびつ》な図形は、夜羽の名前を表している。

「もしかして私……召喚《しょうかん》されちゃったんですか」

金髪男はにっこり笑って「はい」と答え、モブ田は「俺、俺がやったんですよ」とはしゃいでいる。

赤毛の男だけが、厄介事を疎《うと》むように夜羽を見下ろしていた。

一

記憶が確かならば、人間界に召喚される前、夜羽は魔界の自宅にいたはずだった。

夜羽は、魔界生まれ魔界育ちの生粋《きっすい》の悪魔である。

それもただの悪魔ではない。名誉ある「召喚士」の家系で、つまりやんごとなき侯爵家の子息なのだ。

絹糸のような銀髪にアイスブルーの瞳、羊のような立派な巻き角は、侯爵家の血統をよく表している。

実家は豪華な白亜の城で、夜羽は当主の末の息子として、幼い頃は大勢の使用人にかしずかれて育った。……幼い頃は。

現在、夜羽が暮らしているのは白亜の城ではない。その城の敷地にある離れである。

「離れ」などと言うとカッコよく聞こえるが、実際は1Kの倹《つま》しいプレハブ小屋だ。ユニットバスとトイレ、いちおう室内に洗濯機置き場がある。洗面台はない。

今年で百二十五歳になる夜羽は、今から二十五年前の成人の際、両親から「もうお前は息子ではない」と言われ、白亜の城から追い出された。

以来、この離れに閉じ込められ、幼い頃から仕えてくれているしもべの熊猫妖精《パンダ・シー》、仙仙と二人で暮らしている。

「ひい、ふう、み……」

その日、召喚される直前、夜羽は夕食を終えたあと、粗末な折り畳みテーブルの上でチャリチャリと小銭を数えていた。

「あ……あった。貯まった。……満額貯まったよ、仙仙！」

貯金箱から出したお金が目標額に達していたとわかった時、夜羽は喜びのあまり大声でしもべを呼んでしまった。

安普請《やすぶしん》のプレハブ小屋だが、森の中にあって周りには誰もいない。騒いでも近所迷惑にならないのはありがたい。

狭い台所で夕食の片付けをしていた仙仙は、主人の声を聞いてパタパタと短い脚で駆け込んできた。

「ようやく貯まりましたか！　本当によかった。私も、おやつの青笹《あおささ》を我慢した甲斐《かい》がありました」

「お前の内職のお金まで借りて、申し訳なかったねえ」

「なんのこれしき。これでようやく、夜羽様の『お守り』が買えますね」

二人で手を取り合って喜んだ。この一年、ただでさえ少ない生活費を切り詰めに切り詰めて、やっと貯めることができた。

白亜の城に住む両親や兄姉たちにとっては、ほんのはした金だろう。昔は夜羽だって、これくらいの金はどうということもなかった。というか、自分でお金の管理をする必要などなかったのだ。

しかし、今は一族のみそっかす。由緒《ゆいしょ》ある「召喚士」を名乗ることなど許されず、無職の身の上である。

この離れに追いやられて二十五年、両親は夜羽が外に働きに出ることを許さず、毎月、わずかな生活費を与えるだけだ。

しかも、この生活費というのが本当に生きるのに最低限、カツカツの金額だった。日常のこまごまとしたものを買うのにも事欠くありさまなので、夜羽と仙仙は家の者にバレないよう、森の奥に家庭菜園を作ってひっそり野菜を育てたり、偽名で内職の仕事を探してきたりして、倹しい生活を続けていた。

「今日はもう遅いから、明日、このお金で『お守り』を買いに行っておくれ」

そそくさと金を貯金箱に戻し、着古したシャツでその貯金箱をぐるぐる巻きにして、簞《たん》笥《す》の奥深くにしまった。

貴族の城に泥棒に入るものはいないだろうが、この金が生命線だと思うと、つい慎重になる。

「これで安心できます。『お守り』が壊れてからこの三か月の間、夜羽様がいつ召喚されるかと、もう気が気ではありませんでした」

「大袈裟《おおげさ》だな。私を召喚する人間なんかいないよ。実際、『お守り』が壊れてから今日まで、何事もなかったんだし」

「万が一ということもありますから」

まだ『お守り』は買えていないのだけど、『お守り』を買うお金ができたということで、二人はもうすっかり安心していた。

「お茶を淹《い》れようか。お前にも苦労をかけたから、今日はとっておきのクッキー缶を開けるよ」

夜羽は仙仙の苦労をねぎらうため、お茶を淹れようと腰を上げた。

「えっ、いいんですか。あれは夜羽様の大好物でしょう。お誕生日に取っておいたんじゃ」

「誕生日より今日のほうがめでたい気分だからね」

ただでさえ貧しかったのに、この一年はそれこそ、爪に火を灯《とも》すような生活をしていた。でもこれで少し楽になる。苦境を脱した祝いに、夜羽は紅茶を淹れ、とっておきのクッキー缶を開けた。

異変が起こったのは、二人で紅茶とクッキーを堪能《たんのう》していた、その最中《さなか》だった。

「あれ、台所の電気、消し忘れてますね」

クッキーを頬張《ほおば》っていた仙仙がふと、隣の台所に視線を移して言った。夜羽もそちらを見る。台所と居室を隔てる引き戸が少し開いていて、そこからチカチカと明滅する光が漏《も》れていた。

「消したはずなんだけど」

蛍光灯も換えないといけないな、とぼやきながら、腰を上げようとした。その時だった。

ドカン、とかバギャン、とかものすごい音がして、台所を隔てる引き戸が吹っ飛んだ。吸い込まれた、というほうが正しいだろうか。台所の部屋のほうへ、大きな力で戸が引っ張られていった。

引き戸がなくなったが、その向こうにあるはずの台所もなくなっていた。

「え、どういうこと」

そこには真っ暗な穴が開き、ゴウゴウと音を立てている。何が起こったのか、咄嗟《とっさ》に理解できなかった。

愕然《がくぜん》と穴を見つめる中、テーブルの向かいから「ふぎゃっ」と仙仙の悲鳴が聞こえ、我に返った。

「仙仙！」

見れば、仙仙の身体がふわりと浮いている。

「よっ、夜羽様～。身体が勝手に向こう側にっ」

仙仙の身体が穴に吸い寄せられている。そう気づいた時、夜羽の身体も宙に浮いていた。

「これはもしや、異界への扉……」

夜羽はその穴の正体に気づいて青ざめた。そう、これは間違いなく、異界へ繋《つな》がる穴だ。三か月前に『お守り』が壊れて以来、この事態が起こることを恐れていた。「召喚士」の家系に生まれた自分が、異界へ呼ばれることを。

明日ようやく新しい『お守り』が買えると思ったのに。よりによってなぜ、今夜なのか。自分はこの空間を通れるが、あちら側へ渡ってしまったら、もう戻れない。戻れる可能性はあるが、確率は限りなく低い。

「夜羽様！」

軽い仙仙の身体が先に吸い込まれていく。

「仙仙！」

夜羽は慌てて仙仙の手を摑《つか》んだ。妖精が一人でこの中に入ったら、身体がバラバラになってしまう。

白と黒の被毛を引き寄せると、ぎゅっと抱き込んだ。意志を持たないはずの空間が、夜羽に照準を合わせたように引力を増す。

「わ、あぁ……っ」

ゴオッという大きな音と共に、夜羽はしもべの仙仙を抱えたまま、真っ暗な闇の中に吸い込まれていった。

ところで、最近の人間界では実在を否定する人も増えてきたそうだが、この世には天使の住む天界や、悪魔の住む魔界が存在する。

もともと悪魔と天使は同じ種族だったが、はるか昔、天界のディストピア的な監視社会に嫌気が差した一部の天使が別の時空へ移り、発展を遂《と》げたのが今の魔界である。

魔界に降りた元天使たちは、長い年月の中で子孫を増やし、しもべである妖魔や妖精を生み出して、天界とは異なる独自の文化を築き上げていた。

「その魔界独特の文化の一つが、このわたくし、『召喚士』という身分でございます」

夜羽は茶色く変色した畳の上に正座して、折り目正しく説明した。

「あっ、申し遅れましたがわたくし、夜羽と申します」

仙仙と共に、縄は解《と》いてもらった。人間に危害を加えたり、逃げ出したりしないと判断されたからだ。

判断を下したのは、汚い部屋の隅で苦虫を嚙《か》み潰したような顔でこちらを睨《にら》んでいる、赤毛の男である。

緒世《おせ》という名前らしい。俳優みたいで名前までカッコいい。さっきもらった名刺には、『便利屋オセ・代表　緒世（元天使）』とあった。

人間が見たらなんのこっちゃと思うだろうが、元天使というのはこの男の妄言ではない。緒世からは天使の気配がする。

先ほど隣にいた金髪の男からも同じ気配がしたが、彼は用事ができたと言って早々に帰ってしまった。

名刺の裏面には可愛《かわい》いヒョウのキャラクターが描かれていて、『天使や悪魔に関するお困り事、なんでも承《うけたまわ》ります！』と、ポップなフォントのフキダシが付いていた。

モブ田……いや、本名は何だったか……もうモブ田でいい、彼に依頼されたのだという。緒世は人間ではなく元天使。でもここは人間界、そしてモブ田は人間。

情報がごっちゃになってきたので、夜羽は縄を解いてもらう間に頭の中を整理してみた。

夜羽は悪魔である。しもべの熊猫妖精、仙仙と自宅でくつろいでいるところを、モブ田によって人間界に召喚された。

夜羽と仙仙は、その衝撃でしばらく気を失っていたらしい。

一方、モブ田は自分が行った召喚の儀式がまさか成功するとは思わず、パニックに陥《おちい》った。

どうしよう、悪魔を呼び出してしまった。警察？　いや、それはまずい。まずいよな？

慌てたモブ田が思い出したのが、数日前に自宅の郵便受けにポスティングされていた、広告入りのティッシュだった。

『天使や悪魔に関するお困り事、なんでも承ります！』

可愛いヒョウのマスコットキャラを見て、縋《すが》る思いで「便利屋オセ」に電話をした。

すると、一時間と経たないうちに緒世がやってきて、念のため、依頼人モブ田の安全のためにと、気絶している夜羽と仙仙を拘束したのだそうだ。

ちなみに、さっきの金髪碧眼の元天使は「便利屋オセ」の業務提携先の社長だそうで、モブ田からの依頼が入った時、たまたま緒世と一緒にいたので、現場に同行したのだという。

金髪男は去り、夜羽は縄を解いてもらって、今こうして召喚された悪魔としての職務をまっとうしようとしている。

「『召喚士』といっても、召喚するのではなく、召喚される側なのですが」

「はあ……そうっすか」

訥々《とつとつ》と説明を始めた夜羽に、モブ田は戸惑《とまど》ったように視線を彷徨《さまよ》わせる。

「いきなりこんなことを申し上げて、戸惑われたことでしょう。ですが、ご契約者様にあらかじめ十分な説明をすることが、召喚の際に義務付けられておりまして。今から一通り、マニュアルに沿ってご説明させていただきます」

「マニュアルとか、あるんすね。魔界にも」

「ございます」

マニュアルだってコンビニだって、テレビもネットもゲームも魔界にはある。夜羽は一度も、魔界のコンビニに行く機会はなかったけど。

マニュアルを説明するのも、これが初めてだ。とはいえ、子供の頃にみっちり「召喚士」の教育を受けていたので、今も完璧に頭の中に入っている。

「我々『召喚士』は、召喚した人間の願いと引き換えに、人間の死後、その魂をもらい受けます。これは人間の皆様にも広く知られているところでありますね。では、なぜ悪魔は人間界からの召喚を待つのでしょうか？　なんと、これにはちゃんと理由があったのでした。レッツ、魔界ヒストリー」

「歴史？」

モブ田は戸惑っているが、これもマニュアルなので仕方がない。召喚された以上、夜羽にも説明をする義務がある。

――魔界ヒストリー。

かつて、陽の光の届かない魔界において、人間の魂は重要なエネルギー源だった。

今では魔界の科学も進み、様々な代替エネルギーが実用化されているが、ずっとずっと昔は明かりを灯すのもお風呂のお湯を沸かすのも、人間の魂が必要とされていたのだ。

その重要なエネルギーの供給を一手に担《にな》っていたのが「召喚士」である。

魔界に光をもたらす彼らは人々に崇《あが》められ、王から貴族の称号を得た。

その後、代替エネルギーが開発され、人間の魂の需要は減少していく。これに伴い、「召喚士」はエネルギー源の発掘という実質的な役割を捨て、魔界の広報としての役目を引き受けることになった。

人間界に広く、悪魔の存在を知らしめるための重要な仕事である。今もなお、魔界の人々から尊敬を集める職業なのだ。

職業と言っても、「召喚士」は誰にでもなれるものではない。

夜羽と仙仙が吸い込まれた、あの異界へと繋がる穴。あの穴を通るためには、適性が必要だった。

悪魔は本来、異界から召喚を受けたとしても、単身であの穴をくぐることはできない。

異界と魔界の行き来には、それ相応の装置が必要で、生身の身体で穴をくぐれるのは「召喚士」としての適性を持った悪魔と、それより下等とされる妖精だけである。

ところが、妖精たちは穴を通ることができるが、穴の中の強力な圧力に耐えきれず、身体がバラバラになってしまう。耐えられるのは悪魔だけだ。

無事に穴を通って異界へたどり着くことのできる、その適性を持った者だけが「召喚士」として召喚されることができるのだった。

いわば特殊能力だ。そしてその能力は多くの場合、血統によって代々受け継がれ、守られてきた。

現在、「召喚士」として認められた家系は三家のみ。夜羽の家はその中でもっとも古く由緒ある家柄だった。

「とはいえ、『召喚士』には異空間への移動以外にもう一つ、なくてはならない能力があるのですが……」

「それで、俺の望みはいつ叶えてくれるんですかね」

途中から興味がなさそうに携帯をいじっていたモブ田は、しびれを切らしたように夜羽の言葉を遮《さえぎ》った。

「望み、でございますか」

夜羽はオロオロした。途中で口を挟まれるというのは、マニュアルにはなかった。いや、夜羽の場合、マニュアル以前の問題なのだが。

「あの、望みと引き換えに、魂をいただいたりするんでございますけれども」

「わかってますって。なんかエネルギーにされちゃうんですよね。それはいいから、さっさと叶えてほしいんですよ」

いいのか。魂が消滅しちゃうのに、それでもいいのか。

人間というのはよくわからない。それとも、魂を引き換えにしても叶えたい、真剣な願い事があるのか。

「俺も暇じゃないっていうか。早く叶えてくださいよ。あ、それともちゃんと口にしないとダメなんですかね。俺の望みは……」

「申し訳ございませんっ」

望みを言おうとしたモブ田の前で、夜羽は大きく叫んで土下座した。茶色い畳に額を擦《す》りつける。

「えっ、ええ?」

「せっかく召喚していただきましたが、私、モブ田様の望みを叶えられないかもしれませんっ」

「群田っす。えっと、どういうことですか?」

モブ田が戸惑った声を上げる後ろで、目を閉じて壁によりかかっていた緒世も、身を起こしてこちらを見た。

「『召喚士』になくてはならない、もう一つの資質のことです。空間を渡る能力の他、『召喚士』は自分を召喚した人間の望みを叶えなくてはなりません」

自分の魂と引き換えなのだから、人間は当然、悪魔に無茶振りしてくる。どんな望みを言われても、それを叶えるだけの魔力がなければならないのだ。

しかし夜羽は生まれつき、その魔力が乏しかった。空間を渡り、召喚に応じることはできても、望みを叶えることができないのである。

それゆえに、由緒ある「召喚士」の家に生まれながら、長く離れに軟禁され、飼い殺しにされていたのだった。

「え、じゃあ、俺の望みは絶対に叶えてもらえないんですか」

「いえ、絶対というわけではありません。魔力に関係のない、簡単なご要望でしたら私でも可能です。たとえば一緒にライブに行ってほしいとか、庭の雑草を抜いてほしいとか」

「そんなんで悪魔を呼び出したりしませんよ！」

即座に突っ込まれて、「ですよね」と肩を落とした。もしかしたら、と淡い期待を抱いていたのだが、世の中そう甘くはない。

「望みが叶えられないと、どうなっちゃうんですか」

「その場で自動的に契約解除ということになります。ただ、満了せずに解除ということになりますと、他の悪魔を呼び出して再契約、ということができなくなりますが」

「ええーそんなあ。召喚詐欺《さぎ》じゃないですか。訴えますよ」

「申し訳ありません」

せっかく呼んでもらったのに、本当に申し訳ない。

「けどまあ、そういうことなら仕方ないか。じゃ、契約解除ってことで……」

「ああっ、お待ちください！」

夜羽は慌てた。モブ田はそれでいいのだが、夜羽はよくない。

「あの、手前の事情ばかり申して恐縮なのですが。私は召喚された方の願いを叶えるまで、魔界に戻れないんです。さらに任務を完遂するまでの期限というものがございまして。期限を過ぎると私は悪魔でいられなくなります。悪魔ではなく、人間になってしまうんですね」

期限は望みの大きさによって、自動的に設定される。簡単な望みなら期限は短いし、叶えるまでに相応の時間が必要な場合は、それだけ期限も長くなる。

ならば願いを口にしない、という抜け道もない。召喚された時点でカウントダウンは始まっていて、一定時間、願いを口にしないと、そこでタイムアウトになってしまう。いずれにせよ時間は有限だ。

「ええっ。それ、悪魔さんのほうが大変じゃないですか」

モブ田が同情するような視線を向けた。

「はい……」

こんな事態を避けるために、『お守り』を身に着けていたのに。

夜羽に人間の願いを叶えるだけの魔力がないとわかった時点で、両親は『お守り』を身に着けさせた。これは人間界からの召喚を妨害する、いわばジャミングシステムのようなものだ。

召喚されてしまったら最後、夜羽が無事に魔界に戻れる可能性は低い。

たとえ人間が夜羽を呼び出してもジャミングがかかるよう、『お守り』を身に着けていたのだった。

「けどなあ。草むしりなんてしてほしくないし。ライブも行かないし」

「モブ田さん。それじゃあとりあえず、あなたの望みを口にしてみたらどうですかね」

それまで無言を貫いていた緒世が、見かねたようにモブ田に言った。

「願いを叶えられなくても、モブ田さんが魂を取られるわけじゃない。叶えられればめでたし、だ。なら、願いを言うだけ言ってみたらいい」

夜羽はコクコクと必死でうなずいた。召喚した人間が、そんなの知らない、と言ったら最後、夜羽は人間になってしまう。

「そっか。それもそうですね。言うだけはタダ、みたいな」

モブ田も納得したようだ。こほん、と一つ咳ばらいをした。

「じゃあ、言っちゃっていいですか」

「は、はい。どうぞ」

夜羽は膝の上に置いた手をギュッと握りしめた。

己の魂をかけるのだ、きっと無茶を言われるに違いない。でも、もしかしたら万が一……億に一つかもしれないが、夜羽が叶えられる望みがあるかもしれない。

「えっと、俺はこう見えてですね、いいとこのボンボンなんです。今は大学三年で、学生のうちはこういう、汚いアパートに住んでますけど。生まれた時から婚約者が決まってるような家の生まれで」

「は？　はあ。当家と似てますね」

夜羽にもかつては、婚約者がいたらしい。出来損ないだとわかった時点で、解消されてしまったが。

「でも俺には夢があるんです。理想の嫁を手に入れるという夢が。悪魔さん……夜羽さんには、その理想の嫁を出してほしいんです」

「理想の嫁……」

きたきた、と夜羽は内心でつぶやいた。

理想の相手を出してほしい、というのはわりとよくある願いだ。魂をかけるくらいだから、その理想は高い。ほぼ架空《かくう》の人物だ。架空の人間を具現化する魔力は、残念ながら夜羽にはない。

「ちなみに、念のため……叶えられるかどうかはわかりませんが念のため……お伺いしますが、モブ田様の理想とはどのような？」

「クールビューティーなドS女王様」

ドヤァという顔でモブ田は言った。

「美人ということですね。あと……ド……え？」

「ドS女王様。俺、ドMなんで。むちゃくちゃ美人でドSな嫁に、精神的にも肉体的にもいじめてほしい。嫁の容姿とプレイスタイルには譲れないこだわりがあります」

色白でスレンダー、無機質な感じの美貌《びぼう》がいい、とのこと。

「ぶっちゃけ、悪魔さんみたいな顔がめっちゃ好みです」

「はあ……」

頬を染めて言われても困る。どう反応しろというのだろう。

その時、再び緒世が口を開いた。

「ってことは、相手は女性じゃなくてもいいんですかね？　男性でも女性でも、生涯のパートナーであれば。たとえばこちらの、悪魔でも」

「えっ？　ああ、そういやそうですね。貧乳好きだし、竿が付いてても気にしないっていうか、むしろ萌《も》えるかな」

「竿……？」

「よし。決まりだ」

パン、とその場の空気を決定づけるように、緒世は手を叩いた。

「この悪魔……夜羽さんがドS女王様として、モブ田さんの生涯のパートナーになる。これでめでたしめでたし、一件落着だ」

「ええっ」

無茶苦茶だ。そんな無茶通るわけ……と思ったら、モブ田が「なるほど」とうなずいた。

「呼び出した悪魔がこんなに好みの顔してるなんて、俺もツイてるなあ。あとはプレイスタイルですね」

「無理です。私が女王様なんて」

「なら他に解決方法は？　願いを叶えなければ、あんたは魔界に戻れず人間になる。魔力でどうにかできないなら、力業で叶えるしかないだろう」

夜羽の抵抗を、緒世はじろりと睨んで封じ込めた。顔が整ってるので、睨むとよりいっそう怖い。

「夜羽様。確かにその者の言うとおりかもしれません」

部屋の隅で震えていた仙仙が、遠慮がちに声を上げた。

「たとえ伴侶《はんりょ》になっても、この人間の寿命が尽きたあとは魔界に戻れます。『召喚士』の仕事をまっとうしたとあれば、当主様にも認められましょう」

見知らぬ人間の伴侶……それもドS女王様になるなんてわけがわからない。

でもそうしなければ、夜羽は二度と魔界に戻れない。夜羽が魔界に戻れなければ、仙仙だって人間界に留まらなければならないのだ。

「そ……そうか。そうですよね。わかりました。私などでよければなりましょう。嫁でもドSでも女王でも」

自分が召喚されたのは不幸な事故だが、起死回生《きしかいせい》のチャンスが与えられた。ならば全力で取り組むべきではないのか。

決意をして、夜羽は畳の上に三つ指をついた。

「モブ田様。不束者《ふつつかもの》ですが、どうぞよろしくお願い致します」

おお、とモブ田が歓声を上げる。

「こんな美人さんを嫁にもらえるなんて、嬉しいっす。魂を捧げる甲斐がありますよ」

照れ笑いを浮かべるモブ田は、地味顔だがいい人そうだ。よかった、と夜羽は内心でホッとした。

嫁というからには、性的な関係も持たねばならないのだろう。自宅の離れに軟禁状態だった夜羽は経験など皆無だが、優しい夫とならなんとかなるかもしれない。

「これにて一見落着、かな」

緒世はぞんざいに手を叩く。さっきから腕の時計をちらちら見ているから、仕事を終わらせて早く帰りたいようだ。

「それではモブ田様。事前にご案内しましたとおり、一両日中に請求書を送らせていただきますので……」

口早に言い、緒世は夜羽たちを残してその場を立ち去ろうとした。

「いや、待ってください」

その時、鋭い声でそれを制したのはモブ田である。

「まだ問題は解決してません。俺、言いましたよね。嫁の容姿とプレイスタイルには、譲れないこだわりがあるって。容姿はクリアしてますが、夜羽さんに俺の望むプレイができるか、確認しないと」

「プレイ……」

「SMのSはサービスのS。この真性ドMの俺が欲求する、伴侶として相応《ふさわ》しい態度が取れるか、ということです。夜羽さん、まずはあなたの考える、ドS女王様らしい振る舞いをしてみてください」

淀《よど》みない口調で夜羽に語りかける。モブのくせに、いらぬ個性を発揮し始めた。

「ドS女王様らしい振る舞いって……」

そう言われても、夜羽にSMの趣味はない。概念は知っているが、それだけだ。

助けを求めるように、緒世を見る。苦み走った美丈夫は、難しい顔をして顎《あご》をしゃくった。

なんでもいいから、とにかくやってみろ、ということだろうか。

(どうしよう)

緒世とモブ田と仙仙、三人の視線が夜羽に集中する。この緊迫した空気の中、一発芸を披露《ひろう》しなければならない。

夜羽はぐっと拳《こぶし》を握りしめた。やるしかない。やらねば二度と魔界の地は踏《ふ》めない。意を決して、すくっと立ち上がった。力いっぱい冷たい目つきで、モブ田を睥睨《へいげい》する。

「じょっ、女王様とおぅ、お呼びっ……？」

焦って盛大に噛んでしまった。声も裏返っている。その一瞬で、モブ田の顔から人のよさそうな笑みが消えた。「はあっ？」と怒りのからんだ声が上がる。

「ちょっと、今のなんすか。まさか今のがドS女王様？　喧嘩《けんか》売ってんすか、あんた」

怖い。モブ田はSMによくよくこだわりがあるらしい。夜羽は身をすくめて「申し訳ありません」と謝るしかなかった。

「ダメっすね。問題外。わかってない。あんたはまったく何もわかってない。こんな嫁をもらうくらいなら、まだ親の言うなりになって結婚するほうがましっすね」

「そ、そんな」

モブ田に認めてもらえなければ、契約を履行《りこう》できない。

「お願いします、モブ田様！　もう一度やらせてください」

すかさず土下座したが、モブ田は冷たかった。

「無駄《むだ》です。何度やっても同じことだ。お引き取りください。緒世さんも。問題が解決しないのなら、報酬は払えません」

「えっ。ちょっとそれは」

緒世が焦った声を上げた。

「問題を解決したら料金を払う、って話でしたよね。何も解決してないじゃないですか。女王様の資質を持つ新しい嫁を連れてくるか、夜羽さんが才能を開花させない限り、ビタ一文払いませんからね」

モブ田は毅然《きぜん》とした態度を崩さない。そしてボンボンのくせに意外としっかりしている。

緒世もモブ田の言うことには反論できなかったようで、深いため息をついた。

「わかりました。とりあえずこの場はどうにもならないんで、引き揚げます。けど、契約解除は待ってください。いいですよね。契約をこのまま放っておいても、モブ田さんに不利益はないはずだ」

半ば強引に言いきると、モブ田も渋々うなずいた。

「ありがとうございます。おい、あんた。夜羽？　この魔法陣を閉じてくれ。あるんだろ、召喚の事後処理とか、そういうの」

モブ田が畳の上に描いた、夜羽召喚の魔法陣を指す。元天使だからだろうか。悪魔の召喚についても詳しいようだ。

夜羽は言われたとおり、「召喚士」の作法に則《のっと》って呪文を唱えた。すると、畳に描かれていた魔法陣が浮かび上がる。

ツンと突っぱねていたモブ田は、それを見て「わあ」と、喜色の混じった歓声を上げた。

「なんです、これ」

「願い事を魔法陣に書き込む、召喚の最終作業です。召喚された時点で契約は完了していますが、願い事は伺ってませんからね。いわば白紙の小切手を切った状態です。これに小切手でいう金額、すなわちモブ田様の願い事を書いて、召喚の儀は終了となります」

これを一定時間内にやっておかないと、願い事を言わなかったものとして、自動的に処理されてしまうのだ。

夜羽は宙に浮かんだ魔法陣の中央に、人差し指を置いた。模様の空白の部分が点滅する。

「えっと、『クールビューティーなドS女王様の嫁が欲しい』……と」

人差し指を動かし、空欄に魔界の言語で願い事を書きつける。魔法陣は明るく光り、願い事を書きつけた部分に新たな文字が浮かび上がった。

「任務完了の期限が出ました。タイムリミットは今から六か月後」

この期限までにモブ田の願いを叶えなければ、夜羽は人間になってしまう。

思っていたより長かった。でも楽観はできない。

半年以内に、モブ田の理想の嫁を新たに連れてくるか、夜羽自身がドSの性癖に目覚めなければならないのだ。

でも、どうやって。

「それじゃあ、夜羽さん。楽しみにしてますんで。よろしくっす」

夜羽が不安に押し潰されそうになっているのに、モブ田は軽い口調で言い、夜羽と仙仙、それに緒世はモブ田のアパートを追い出されてしまった。


これからどうしよう。

夜羽はモブ田のアパートを出てから、途方に暮れた。

ドS女王の才能を開花させるべく、改めて出直すことにしたものの、これからどうすればいいのだろう。

人間界は初めてで、右も左もわからない。この世界の知識は、子供の頃におおよそ習ってはいる。他にも魔界のネットニュースで時折、人間界にいる悪魔について取り上げられているのを読むが、身に付けた知識が正しいかどうかわからない。相談する相手もいない。

とりあえず、夜羽は自分の頭にある角をしまって、アパートの階段を短い脚で降りようとしている仙仙を抱き上げた。角を付けていたら怪しまれるし、パンダが二足歩行しているのもまずいだろう。

それくらいはわかる。だが、それだけだ。

「夜羽様……」

モフモフした仙仙をぎゅっと抱きしめると、つぶらな瞳が心配そうに夜羽を見た。

「大丈夫だよ」

自分が人間になったら、仙仙は魔界に帰れない。それどころか、夜羽が人間としての短い生を終えたあと、この世界で一人ぼっちになってしまうのだ。

(それは絶対だめだ)

仙仙は、夜羽が肉親から冷遇されている間も、ずっとそばにいて支えてくれた。夜羽にとって唯一の家族だ。この身がどうなっても、仙仙だけは助けたい。

「あと六か月もあるんだ。なんとかなるよ」

安心させるように微笑《ほほえ》む。お金も住むところもないが、きっと大丈夫。貧乏暮らしには慣れている。

召喚された時に裸足《はだし》だったので、モブ田が部屋から追い出す時、使っていない便所サンダルをくれた。変人だけど、いい人だ。

今は何時だろう。魔界は夜だったが、ここはまだ明るい。でもいずれ、日が沈む。まずはどこか、落ち着ける場所を探そう。それから今夜の寝床を探して。

そんなことを考えつつ道を曲がろうとした時、前を歩いていた緒世が振り返った。

「おい、どこに行くんだ。こっちだよ」

「え？」

モブ田のアパートを出てから、緒世は夜羽たちを一顧《いっこ》だにせず、無言で歩いていた。一本道だったので、夜羽もそれを追いかける形になったが、当然ここからは別行動だと思っていた。

きょとんとして立ち止まる夜羽に、緒世はわずかに苛立《いらだ》った顔で「こっち」と、手招きする。

「その動くパンダが目立つ。人間の姿になるか、小さくするか、ぬいぐるみのふりをさせるかしろ」

夜羽と仙仙は顔を見合わせた。

「あの、仙仙は今、魔力が足りなくて。姿を変えられないんです」

熊猫妖精は魔界で中位の妖精で、悪魔には及ばないものの、そこそこの魔力を持っている。人間に姿を変えることもできるのだが、今はその魔力を使うエネルギーが足りない。

ずっと切り詰めた生活をしていて、最低限の食事しかできなかったからだ。

生きていくのに精いっぱいで、魔力を使うためのエネルギーを蓄える余裕はなかった。

プレハブにいたら、魔力など使わないし。

そんな惨《みじ》めな自分たちの生活を、この初対面の男にどこまで話したものか。考えあぐね

ていたが、緒世は仙仙が魔力を使えようが使えまいが、興味はないようだった。
「じゃあ、ぬいぐるみのふりをしてろ。これから人通りの多い道を通るから」
そう告げるなり、くるりと前を向いてまた、すたすたと歩き出した。
「あの、どこへ行くんでしょうか」
まさか、モブ田から取れなかった便利屋の報酬を、夜羽から取り立てようとしていると
か。お金など一円も持ってないのに。
「私たち、お金がなくて……」
「だから来いって言ってるんだ。今からどこか行くあてがあるのか？　金がないなら、今
夜寝る場所だってないだろ」
それは、今夜の宿を提供してくれるということだろうか。戸惑って立ち尽くしていると、
緒世は「早く」と急かした。
「俺だって、早く帰って寝たいんだよ。二徹明けで家に帰ろうとしたところを、呼び出さ
れたんだからな。まったく。あんたがまともな『召喚士』なら、さっさと願いを叶えて、
俺の仕事も早く終わったのに」
まともな「召喚士」なら。緒世の言葉が深く突き刺さる。そう、自分が出来損ないでさ
えなければ、誰にも迷惑をかけずにすんだのに。
「すみません……」

うつむいて口にした謝罪の声は小さくて、緒世には届いていないようだった。こちらを振り返らず、どんどん歩いていってしまう。

「夜羽様……」

主人を心配そうに見上げた仙仙が、モゾモゾと夜羽の腕から這《は》い降りた。かと思うと、夜羽が止める間もなく、デデデッと走っていって緒世の背中に飛び蹴《げ》りを食らわせた。

「うおっ」

「夜羽様に向かって無礼なっ」

「仙仙！」

柔らかくて軽い妖精の身体では、大したダメージにはならなかったらしい。緒世はわずかに前のめりになったものの、すぐに振り返って仙仙の首根っこを摑んで持ち上げた。

「放せ、下郎！」

「いきなり何するんだ。おい、しもべの躾《しつけ》がなってないぞ」

「すみません、すみません。よく言って聞かせますので」

ぺこぺこと謝る夜羽を、緒世は軽く睨んだ。それから身の内の怒りを鎮めるように一度目をつぶり、深いため息をつく。

「頼むから、黙って付いてきてくれ。ここは俺の家からも近い。近所で悪目立ちしたくないんだよ」

うんざりした声だった。二徹明けだと言っていた。疲れているのだろう。

「俺は早く眠りたいし、あんたたちだって、一度どこかに落ち着きたいだろう。俺の自宅だが、宿は提供する」

「は、はい。よろしくお願いします」

夜羽は頭を下げた。どのみち緒世と別れても、自分たちに行くあてなどない。仙仙はまだブツブツ言っていたが、なだめて抱き直す。

夜羽が仙仙を抱いて歩き出すと、緒世は再び先を急いだ。

やがて住宅街から、店がたくさん建ち並ぶ界隈に出た。鉄道の駅があり、踏切を越えた向こうにも店が並んでいる。

人間界は魔界に似ているというが、魔界でも長らく軟禁状態だった夜羽にとって、目に映るものすべてが珍しかった。

キョロキョロとあたりを見回して足が遅くなる。足の速い緒世と距離が開いたが、もう彼は振り返らなかった。迷子になっても、きっと捜してはくれない。

夜羽は不安になって、慌てて緒世を追いかけた。

いろいろな店が並ぶ賑やかな界隈を過ぎると、再び閑静《かんせい》な住宅街になった。

何度か道を曲がった先に三階建ての瀟洒《しょうしゃ》な低層マンションがあり、緒世はするりとそこへ入っていく。エントランス前のタッチパネルを操作して自動ドアを開けるのを、夜羽は物珍しく眺めた。

エントランスをくぐってすぐのエレベーターに乗り、緒世が向かったのは三階の一番端の部屋だった。

「ここは、緒世様のお住まいですか」

マンションの中のすべてが珍しく、キョロキョロと見回してしまう。

「ああ。一人暮らしだから、気兼ねはいらない。ま、あんたみたいなお貴族様にとっては、ウサギ小屋だろうけどな」

悪魔貴族がよもや、プレハブ小屋に住んでいたなどとは、思ってもいないのだろう。夜羽は自分の惨めな境遇を口にすることもできず、「いえ……」と口ごもる。

緒世は謙遜《けんそん》するが、なかなかに贅沢《ぜいたく》な住まいだ。

玄関から延びる廊下にはドアがいくつもあり、夜羽たちが通された奥のリビングは、夜羽のプレハブ小屋よりうんと広い。

「風呂とトイレは玄関入ってすぐ右。キッチンはそこ。冷蔵庫に大したものは入ってないが、勝手に飲み食いしてくれ」

緒世はジャケットを脱ぎながら、口早に言った。かと思うと、リビングを出て行く。

戻った時には毛布を何枚か持っていて、乱暴にソファへ放った。

「俺は今から寝る。あんたらも寝たければ寝ていいが、客用の布団がないんだ。ひとまずそこのソファにでも寝てくれ。背もたれを倒せばベッドになる。起きたら、これからのことを相談しよう」

「これから」

「なんとかして、クライアントの願いを叶えないといけないだろ。モブ田さんはこだわりが強そうだし、期限まで半年あるとはいえ、対策を立てて動かないと間に合わなくなる」

夜羽は緒世をまじまじと見つめた。驚いたのだ。

「協力してくださるんですか。あなたは天使で、私は悪魔なのに」

緒世はそれに苦笑し、「元天使、な」と言った。

「『便利屋オセ』は、受けた依頼は必ず解決するのがモットーでね。だから、あんたがクライアントの願いを叶えるために協力する。モブ田さんのところへ無事に嫁に行くまで、面倒は見るよ。だからあんたも、早く依頼を完遂できるように努力してくれ」

いいか？　とこちらを窺う。夜羽はこくりとうなずいた。

ありがたい。右も左もわからない人間界で途方に暮れていた。仙仙には大丈夫と言ったけど、不安でたまらなかった。でも緒世は宿を提供してくれて、これからも協力してくれるという。ホッとして、気を抜くとその場に頽《くずお》れそうになった。

「願い事を叶えられるよう、頑張ります。それまでご迷惑をおかけしますが、よろしくお願いします」

深々と頭を下げる。顔を上げると、緒世はふっと笑った。

「あんたは貴族なのに、ずいぶん腰が低いんだな。なんにせよ、よかったよ。元天使なんかの世話にならないって言われたら、面倒だった」

魔界の貴族はよほど鼻持ちならない連中だと思われているらしい。いや、緒世のイメージどおり、大半の貴族は高慢《こうまん》ちきなのだが。

「そんなこと言いません」

夜羽は普通の貴族ではない。出来損ないだ。そんなことなど知らない緒世は、「そりゃありがたいね」と肩をすくめた。

「じゃあ寝るから。悪いが俺が起きるまで、大人しく家の中にいてくれ。人間界に疎いあんたが一人で外に出て、何かあったら困るからな」

夜羽は素直にうなずいた。引きこもりには慣れている。

「おやすみなさいませ」

言うと、緒世は拍子抜けしたような顔をした。だがすぐに気を取り直し、「おやすみ」と返してリビングを出て行った。

廊下を出てすぐの部屋が緒世の寝室らしい。ドアがパタンと閉まる音がして、それきり物音がしなくなった。

あとに残された夜羽は、思わずふうっと大きく息をついた。

「どうなることかと思ったけど。とりあえず泊まる場所があってよかったね」

仙仙も同じように、ここに来るまで不安だったのだろう。こくりと素直にうなずいた。

「家主は少々、無礼ですけど」

つぶやいてから、眠そうに目を擦った。夜羽も、気が抜けたら眠くなった。召喚された時は夜で、これから寝るところだったのだ。

「我々も寝ようか」

緒世に言われたとおり、ソファの背もたれを倒してみる。ソファベッドはセミダブルくらいの広さだった。腰を下ろしてみる。硬すぎず柔らかすぎない。

「立派だねえ。仙仙も乗ってごらんよ。これならよく寝れそうだ。うちのせんべい布団とは大違いだよ」

毛布もあるし、寝心地は申し分ない。

「ほんとだ。このソファ、本革ですねえ。これなら腰も痛くならないや」

リビングは物が雑然としているが、広々としているし、部屋全体の作りがしっかりしていて、隙間風も入らない。

「一時はどうなることかと思ったけど、いい人に出会えてよかったね。……すごくカッコいいし」

仙仙と並んで横になる。夜羽は最後の言葉を、小さな声で囁《ささや》いた。「ええー」と、仙仙が不満そうな声を漏らす。

「カッコいいですか？　容姿は整ってますけど。おっさんですよ」

「おっさんじゃないよ！　ちょっと、ナイト様に似てない？」

ナイト様、というのは、夜羽がやりこんでいたスマホゲームのキャラクターだ。俗に乙女ゲーと呼ばれる恋愛ゲームのファンだった。

言えば、仙仙も「ああー、そういえば」と低い声で応じた。

「ちょっと似てますね。赤毛のところとか」

「だろ。最初に緒世様を見た時から、思ってたんだ」

両親から、万が一の連絡用にと携帯電話だけは持たされていた。屋敷の無線ＬＡＮの電波は、夜羽たちが住んでいたプレハブでも辛うじて拾えたので、細々と娯楽に興じることもできたのである。

「夜羽様、好きですねえ、あのキャラ」

「うん。あと一歩で、全スチル集められたんだけどね」

無課金だから遅々として攻略は進まなかったが、ひたすらナイト様攻略に集中しただけあって、コンプリートまであと一歩だった。

狭いプレハブ小屋に閉じ込められたあの生活で、ゲームの中のナイト様と疑似恋愛をすることだけが夜羽の楽しみだった。

もうあのゲームをすることも叶わない。もし夜羽が無事に魔界に戻れたとしても、何十年かあとになるだろう。きっとその頃にはゲームのサービスも終了している。

でも、代わりに緒世に出会えた。彼を見た時、なんて素敵な人だろうと思った。

そのナイト様似の素敵な人の家で、こうして寝泊まりしている。考えてみればこの状況は、ラッキーと言えるかもしれない。

(モブ田様の嫁になれば、プレハブにいた時より自由になれるだろうし)

意に沿わぬ婚姻とはいえ、魔界で軟禁されていたことを思えばずっとましだ。

「仙仙、私、頑張るよ」

早くも寝息を立て始めたしもべに、夜羽は小さな声で誓うのだった。

二

「まず、あんたがやるべきことは二つ。一つは、モブ田さんの趣味嗜好《しこう》を正しく理解すること。そしてもう一つは、人間界に慣れることだ」

夜羽が目を覚ました時、緒世はすでに起きていて、ダイニングテーブルでコーヒーを飲みながら新聞を読んでいた。

シャワーを浴びてヒゲもきちんと剃《そ》ったようで、洗いざらしのシャツとパンツという恰好でも洗練されて見えた。美貌にぐっと磨《みが》きがかかった気がする。

（やっぱりカッコいい……）

寝起きにぼんやりそんなことを考えていたら、目が合ってじろりと睨まれた。

「起きたんなら、シャワーでも浴びてきたらどうだ」

寝る前は日が傾きかけていたのに、窓の外は明るい。リビングの時計を見ると朝だった。半日近く寝ていたらしい。

急いで仙仙を起こし、シャワーを借りた。着替えはないので、着ていた服にまた袖を通す。

リビングに戻ると、隣のダイニングテーブルにコーヒーのカップが二つ、新しく用意されていた。

「ブラックで飲めないなら残してくれ。あいにく砂糖も牛乳も切らしてるんでな」

「いえ、このままで大丈夫です。ありがとうございます」

礼を言ってから、仙仙と顔を見合わせて微笑んだ。

コーヒーは嗜好品だから、『お守り』が壊れてからこの一年は飲んでいない。久しぶりなので嬉しい。いそいそと席に着いた。

「……美味《おい》しい」

一口飲んで、思わず感嘆《かんたん》の声が出る。インスタントではなくドリップだ。しかも、豆がいいのか淹れ方がいいのか、夜羽が今まで飲んだコーヒーの中で一番美味しい。仙仙も、

「む……なかなかですね」と唸《うな》った。

緒世は大袈裟な感嘆に呆れた様子で、「そりゃどうも」と、素っ気なく返すだけだ。

「それより、今後のことを話し合いたいんだが」

この美味しいコーヒーは、緒世にとっては日常のものらしい。カップの中身を一気に飲み干して、話を切り出した。

「は、はい」

そう、これから夜羽は頑張って、モブ田の理想のドS女王様にならねばならない。

居住まいを正すと、緒世は「まず、あんたがやるべきことは二つ」と、冒頭のセリフを

口にした。

「まず、前者について。勝手ながら俺のほうで、モブ田さんに質問状をメールしておいた。追加の質問や、別のアプローチで依頼人の好みを知りたい場合は、自分で動いてくれ」

緒世は口早に言い、書類の束を夜羽の前へと滑らせた。モブ田へ送った質問状だという。書類をそっとめくってみる。簡潔で回答しやすい形式のアンケートが数ページにわたって作成されていた。

「すごい……。いつの間に」

「あんたが寝てる間に。あんたに任せていたら、時間がかかりそうだからな」

文句は言わせない、という口調だが、夜羽はただただ感心していた。

いくらこちらが眠りこけていたとはいえ、短い時間でここまでのアンケートを作成できるのだから、なかなかに有能だ。いい男は仕事もできる。

すごいなあ、と感心していると、ちゃんと聞いているのかとでも言いたげな、胡乱《うろん》な目を向けられた。

「もう一つの人間界に慣れる件は、あんたがすぐにモブ田さんの願いを叶えられれば、向こうに押し付けるんだが。それは無理だろう。とすると、今から最長で半年、人間界を自力で生きていかなきゃならん」

「はい……」

「たとえ願いを叶えても、人間界には何十年かいなくちゃならないんだ。慣れておくに越したことはない。モブ田さんと一緒になったら、苦労するだろうしな」

「苦労するんですか」

モブ田はブサイクだが、優しそうに見えた。結婚してもなんとかなりそうだなあと考えて安心していたのだが、そうはいかないのだろうか。

夜羽がよほど心細そうな顔をしていたのか、緒世は苦い顔で視線を逸《そ》らした。

「そりゃあ……魔界のあんたの実家のようにはいかないだろうよ。いくらモブ田さんがボンボンたって、平民だし。そもそも親が用意した許嫁《いいなずけ》を無視して、得体の知れない男とゲイ婚しようってんだ。モブ田家を勘当されて駆け落ち……からの貧乏暮らしって線が濃厚だろうな」

そういえば、当たり前のように「嫁」と言われていたので忘れていたが、人間界では異性愛がマジョリティなのだった。ここでは男の夜羽は正式な嫁になれないのだろう。

「……そして貧乏を知らないボンボン同士、次第にギスギスし始めるんだ。やがて二人の間には埋められない深い溝ができていく。モブ田さんは実家に泣きつき、あんたを捨てて親の言うとおり許嫁と結婚する道を選ぶ。そしてあんたは人間界に一人放り出される……というのが、俺が考える一番ありそうな未来予想だ」

「悲しい未来ですね」

なかなかネガティブな未来予想をする。しかし、緒世の言うことにも一理ある。夜羽はもともと貧乏なので耐えられるが、モブ田が金に困らない生活をしてきたとしたら、確かに捨てられてしまうかもしれない。

「そしたら私、何十年か人間界で自活しないといけないですね」

お金も稼がなければならない。ずっと引きこもりだったが、就職できるだろうか。

「まあ、これはあくまで予測だ。仲睦《なかむつ》まじい男夫婦になるかもしれない。しかしどのみち、人間界の生活に慣れる必要があるって話だ。わかるな」

はい、と夜羽は神妙にうなずいた。緒世はそれに、少しホッとした顔をする。

「じゃあまずは、あんたらの身の回りを整えよう。着る物、食べる物、生活用品も揃《そろ》えないとな。あと住む場所も……」

「あ、あの、すみません。生活基盤を整えたいのはやまやまなんですが、私たち、先立つものがなくて」

いっぱしの「召喚士」なら、魔力で人間界の通貨くらい出せるだろうが、夜羽にそんな力はない。となれば、借金しかない。人間界の消費者金融で、悪魔の夜羽が金を借りられるだろうか。今後のことを考えたら闇金は避けたいのだが。

夜羽がオロオロするのを見て、緒世はなだめるように小さく微笑んだ。

「わかってる。貸しにしといてやるよ。あんたらの住まいが見つかるまでは、ここにいていい」

「ありがとうございます！　ほら、仙仙もお礼をお言い」

緒世は美形な上に、ものすごく親切だ。夜羽はホッとするやら感激するやらで、仙仙を促して深々と頭を下げた。

「このご恩は一生忘れません」

夜羽が言うと、緒世は「んな、大袈裟な」と鼻白んだ。

「仕事の一環だ。あんたがちゃんとモブ田さんとくっつかないと、報酬を受け取れないからな。それじゃあ納得してもらったところで、買い物に出かけるか」

緒世の家の冷蔵庫は空っぽなのだそうだ。夜羽の服や生活用品も、買い揃えなくてはならない。

人間界に慣れるための一歩として、緒世に付いて買い物に出かけるというのだ。

「私が……自分で買い物に？」

軟禁状態だったから、ネット通販しか許されていなかった。ずっと、リアル店舗で買い物をすることが憧れだった。

夢ではなかろうか。喜びに打ち震えていたのだが、緒世はそれを慄《おのの》いていると勘違いしたらしい。

「俺も付いて行くし、ほんの近所だから、大丈夫」

なだめられてしまった。そうではないと誤解を解くとなると話が長くなるし、今は早く買い物に行きたい。夜羽は黙って緒世に付いて行くことにした。

仙仙は変化する魔力が足りないので、今日は家で留守番だ。緒世がズボンの尻ポケットに財布を突っ込んで、それで出かける準備は完了だった。

「昨日、うちに来る途中で通った駅前は、量販店やら飲食店やら、そこそこ店が揃ってる。今日は駅周辺で食べ物とあんたの着替えを買おう。いや、まずは靴からだな」

夜羽の便所サンダルを見て、緒世は言った。

それから自宅を出てから道すがら、彼は人間界について簡単にレクチャーしてくれた。元天使の緒世は魔界のことにも詳しくて、魔界と人間界の相違点や共通点を交えて話してくれるので、とてもわかりやすい。

もしかして緒世は、たいへん頭の切れる男なのではあるまいか。よく気が付くし、おまけに行動力もある。

昨日だって緒世と夜羽とモブ田、誰にとってもイレギュラーな事態の連続で、夜羽はあの場でミッション失敗、人間に堕ちてもおかしくはなかったのだ。

その危機は彼のおかげで辛くも回避され、今もこうしてまともに生活するべく、段取りをつけてもらっている。

（イケメンで優しくて、さらに頭も切れて行動力もあるなんて）

完璧すぎる。ゲームの推しキャラ以上にいい男かもしれない。夜羽は彼と並んで歩きつつ、その精悍な横顔に見惚れた。

「何。歩くの速いか？」

じっと見つめていたら、怪訝《けげん》そうに見下ろされた。緒世はかなりの長身なので、それほど背が高くない夜羽はどうしても見上げる形になる。この身長差も、ナイト様とヒロインぽいな、などと考え、ニヤニヤしそうになった。慌てて表情筋を引き締める。

「おい、大丈夫か？　気分でも悪いのか」

「いえいえ、大丈夫です」

長らく他人と接することがなかったせいで、気を抜くと一人の世界に入ってしまう。これからは、こういうことも気を付けなくてはならない。

「すみません。ずっと屋敷の中での生活でしたので、マイペースになりがちで。これからは慣れるように頑張ります」

緒世の厚意を無駄にしてはならない。キリッと表情を変えて決意表明をすると、「お、おう」と緒世は身をわずかに後ろに引いた。

「本当に、深窓のご令息だったんだな」

屋敷の中の生活、と聞いて、そんなイメージを持ったらしい。まあいいか、と夜羽はこれも誤解を解かずに黙っておく。

カッコよくて非の打ち所のない緒世に、自分は貧乏で惨めな落ちこぼれです、と打ち明けるのは恥ずかしい。そのうちボロが出るかもしれないが、彼の前では自分を少しでもよく見せたかった。

「まあ、そう肩肘張らなくてもいいさ。ちゃんと環境に順応しようって気持ちがあれば、なんとかなる。悪魔貴族なんて、天界の上級天使くらい高慢ちきな連中だと思ってたが、あんたが存外素直そうでよかったよ」

淡い紫の瞳が和《なご》んで、夜羽はどきりと胸を高鳴らせた。眩《まぶ》しい美貌を直視できず、そっと顔を伏せる。

「貴族といっても、落ちこぼれですから」

「素直で腰が低いのはそのおかげか？　なら、落ちこぼれが幸いしたな。俺だって、いくら仕事とはいえ、我がまま放題のお坊ちゃんの面倒なんか見きれない」

あまり手に負えないようなら、モブ田からの報酬を諦めて手を引いていたという。

「報酬にコストに見合わないからな」

優しくて親切に思えたが、わりとドライだった。だが、そんなところもいい。

「見放されないように頑張りますので、よろしくお願いします」

改めてぺこりと頭を下げると、緒世はくすっと笑った。

「ああ。お互いに、目的達成のために頑張ろう」

柔らかな微笑みは、夜羽の心臓をおかしくする。他の男に嫁《とつ》がなければならないのに、こんなに緒世にドキドキしてしまっていいのだろうか。

(今だけ。これは憧れだから)

なんの楽しみもなく生きてきて、さらに人間界に召喚されてしまった自分の、ささやかなご褒美《ほうび》と思うことにしよう。

緒世と並んで歩きながら、夜羽はひっそりとそんなことを考えるのだった。

「……ふぁ」

スーパーに入った途端、夜羽は興奮のあまり、おかしな声が出てしまった。

午前中の店内は客の姿は少ないが、たくさんの商品が揃っている。まばゆい空間に心臓がバクバクした。

話に聞くテーマパークって、こんな感じなのかもしれない。右を見ても左を見ても商品が溢《あふ》れている。

「まずは食べたい物を適当に買って、買い物の練習を……うおっ、大丈夫か」

夢の空間に涙目になっていると、また何やら誤解したらしい緒世に心配された。

「だ、大丈夫です。なんだか眩しくて。あの、ここで買い物をしていいんですか」

「ああ、だからそう言ってる。この店ではさっきみたいに硬直せずに、自分で好きなものを買えよ」

そう言った緒世の両手には、手提げ袋がいくつも提げられている。

駅前に着くと緒世はまず、駅ビルに入っているショッピングセンターへ向かった。駅ビルは煌《きら》びやかだったのだが、夜羽は人ごみに酔ってしまい、楽しむどころではなかった。

ふらふらしたまま靴屋に行き、「とりあえず」と、スニーカーを買ってもらったところまではよかった。

次に高そうなメンズファッションの店に連れて行かれ、好みの服を買えと言われたのだが、値札を見て硬直した。すごく高い。

この土地の通貨である日本円は、魔界の通貨である魔界ペソとレートがほぼ同じだ。つまり、一万円は一万魔界ペソ。これまで服といったら、ネットで古着を買うだけだった。せいぜい数百ペソの古着を買って、自分でリメイクするのだ。

連れて行かれた店の服は、どれも古着の百倍くらいの値段で、気を失いそうになった。

「かっ、買えません」

こんな高い服。硬直していると、「買えないことはないだろ」と、呆れたように言われ、緒世が何着か見繕《みつくろ》ってくれた。

「好みとは違うかもしれないが、まあ今は我慢しろ。そのうち、あんたのお眼鏡《めがね》にかなう店に連れてってやるから」

なだめるような緒世の声は、レジの合計金額に卒倒しかけた夜羽の耳には届いていなかった。

緒世はカードでポンと支払いを済ませると、まだ固まっている夜羽を引きずって別の店に行き、下着やパジャマ、その他生活用品を買い揃えた。

貴族の夜羽に気を遣ったのか、どの店もお高めの商品ばかりで、買い物の総額を暗算して叫びそうになった。

「あの、この買い物の代金、私の借金になるんですよね。利息とかは……」

「そんなのつけるか。なんだ、そんなことを心配してたのか」

「いえ、まあ」

「俺は金貸しじゃない。経費はそのうち返してもらうが、無理のない範囲にするから安心しろ。モブ田さんに払ってもらう手もあるし」

利息が付かないことに少しホッとしたが、借金は借金だ。それに、あんな高級な服を普段着にして、自分の神経が持つかどうか。

人間界に慣れるより、もっと根本的なことが心配になった夜羽だったが、緒世は相変わらず、深窓の令息が外の世界に戸惑っていると勘違いしているようで、何度もとんちんかんな慰《なぐさ》めを受けた。

　どうにか身の回りの物を買い揃え、最後に食料品を買い求めにやってきたのがここ、駅前スーパーだった。

「あの、本当に本当に、私の好きなものを買っていいんですか」

「どうぞ。ただし、食材を買っても俺は料理できないぞ。ああ、あんたにはしもべがいるか」

「はい。料理は問題ありません」

　仙仙に仕込まれて、夜羽も家事は一通りこなせる。

　ショッピングセンターとは違って、こちらのスーパーは値段が良心的だ。値札を見て卒倒することもなく、純粋に買い物を楽しめそうで心が躍る。

　何から見てみようか。嬉しすぎて最初の一歩を踏み出せずにいると、緒世が頭を掻《か》きながら「また固まってるのか」とぼやいた。

「しょうがねえなあ。ほら、手を出してみろ」

　おずおずと言われたとおりにすると、緒世は財布からお札を一枚取り出して夜羽の手に乗せた。一万円、と日本語で書いてある。

「いちまん……っ」

　無造作に大金を渡されて、ぶわっと緊張の汗が出た。

「食費だ。これは借金じゃない、俺の金だから安心しな。これで買える範囲に収めてみろ。一人分じゃない。俺とあんたと、それにパンダの三人分だぞ」

子供に言い聞かせるように言われ、夜羽は真剣な顔でこくりとうなずいた。

「わかります。これで、一か月三人分の食材を買うんですね？」

緒世がどれくらい食べるのかわからないが、このスーパーの値段ならなんとかなる。

きちんと考えて言ったのに、即座に「いやいや」と呆れ顔で返された。

「いくらなんでも、一か月一万は無理だろう。何日分くらいだ？　俺は外食が多いんでよくわからんが」

やっぱりあんた、お坊ちゃんだなあ、と言われて、なんだか釈然《しゃくぜん》としない気持ちになる。

「まあ細かいことは気にせず、今日は買い物の練習だ。俺はレジの近くで待ってるから、試しに今日と明日くらいの食べ物を買ってみなよ」

緒世は言って、さっさと店の反対側にあるレジに行ってしまった。疲れたのかもしれない。買い物をいっぱいしたし、これまでの買い物の荷物もぜんぶ持ってくれている。

一人になって、夜羽は手の中の一万円札をまじまじと眺めた。夜羽たちの食費の約二か月分だ。こんな大金をポンと渡すなんて。

（緒世様はひょっとして、セレブなのでは）

自宅も一人暮らしにしては広かったし、服も無造作に着ているが、質のいいものを身に着けている。

（上級天使だったのかな）

魔界に王侯貴族と平民がいるように、天界にも階級がある。上級、中級、下級に大きく階層が分かれ、上級天使と呼ばれる階級は魔界の王侯貴族に当たる特権階級だという。最初に見た時はくたびれた感じがしたが、あれは仕事で徹夜明けだった。今も身なりに適当な感じはするけれど、ちょっとした仕草や物腰に気品を感じる……気がする。

（いや、今はそんなことより買い物だ）

緒世のことは気になるが、楽しいミッションの最中だ。あまり彼を待たせるのも申し訳ない。夜羽は頭を切り替えて買い物をすることにした。

「ふあぁ～、もやしが安い」

この店が特別なのか、日本全体がそうなのか、とにかく食材が安い。魔界では外出できなかったので、ネットでしか買い物ができず、魔界のネットスーパーは高かった。

「肉も魚も安い。鮮度もいいし。牛肉買っちゃおうかな」

喜びのあまり、ブツブツ独《ひと》り言をつぶやいていると、横から「このお店、お安いでしょう」と声をかけられた。

振り返ると、厳つい顔の男がレジかごを提げてぬっと近づいてくるところだった。夜羽と目が合うと、控えめに微笑む。顔は怖いが、物腰はおっとりしていた。夜羽もつられて微笑み、会釈する。

「はい。あまりの安さに驚きました。私が住んでいた場所は、生鮮食品が高くて」

「このお店は特に安いんですよ。スーパーはこの駅周辺にもう二軒あるんですが、ダントツです」

会話をしながら、あれ、と気が付いた。男から、そこはかとなく魔界の匂いがする。

相手も夜羽が魔族だと気づいたのだろう、やはり控えめな仕草で、

「私はヴィクターと申します。以前は魔界に住んでおりました」

と名乗った。十数年前に魔界から出てきて、この近所に家族で暮らしているのだそうだ。

「このあたりは魔族や天使が多く住んでますから、暮らしやすいと思いますよ」

夜羽が昨日こちらに来たばかりで、右も左もわからないと言うと、「何か困ったことがあったら相談してください」と、自分が持っていたメモ用紙に電話番号を書いて渡してくれた。

「同じ魔界出身者ですからね。困った時は遠慮せずに頼ってくださいね」

ついでに、木曜日がスーパーの特売日だということも教えてもらった。

なんて親切な人だろう。初めての人間界で不安だらけだったが、緒世だけでなくこんな優しいご近所さんがいるなら、大丈夫だという気がしてきた。

スーパーのリアル店舗で買い物をするのも楽しくて、時間を忘れてしまった。牛肉と刺

身を同時に買える日が来るなんて。自分は今、間違いなく幸せの絶頂にいる。

「終わったか」

レジ袋不要だと割引きになるのだ、ということまで学んだ夜羽は、両手いっぱいに食材を提げてニコニコしながら緒世と合流したが、緒世は待ちくたびれていたようだ。いささかげんなりした顔をしていた。

「すみません。つい、夢中になってしまって」

「いや、楽しめたんなら何よりだ。しかし、ずいぶん買い込んだな」

緒世は夜羽の持っているレジ袋を引き取った。夜羽は慌てて取り返そうとしたが、「あんたには重いだろ」と、取り合ってくれない。結局、買い物の荷物はぜんぶ緒世が持ってくれた。

「それじゃ、帰るか。パンダも一人で心細いだろうし」

そう言って歩き出した緒世は、あくびを噛み殺していた。疲れているのかもしれない。徹夜するほど仕事が忙しいのに、さらに夜羽という厄介事を引き受ける羽目になったのだ。疲れないはずがない。

昨日は緒世の親切に感激してばかりだったが、これ以上、彼に迷惑をかけないよう気を付けなければ。

「大丈夫か？　慣れない場所で疲れただろう」

並んで歩いていたのに、いつの間にか歩みが遅れていた。少し前を行っていた緒世が、気づいて歩みを緩めてくれる。疲れているのは自分だろうに。

優しい人だなあ、と胸がまたきゅんと疼《うず》いた。

「大丈夫です。それよりあの、いろいろとお手を煩《わずら》わせて申し訳ありません」

ぺこっと頭を下げると、緒世はおかしそうに笑った。

「あんたは本当に礼儀正しいというか、腰が低いな。俺のことは気にするな。仕事なんだから。あまり気を遣いすぎるとしんどいだろ。先は長いんだから」

昨日までぞんざいだった口調が、心なしか柔らかくなっている。

優しい言葉にホッとしつつ、でもちょっと胸がちくりとした。そう、緒世が夜羽の面倒を見てくれるのは、仕事だからだ。

(いや、でもそんなの当たり前だろ)

何を傷ついているのだと、我がままな自分を叱った。

食料もたくさん買えたから、世話になっている緒世に美味しいご飯を作ろう。

しかし、せっかくそんなふうに頭を切り替えたのに、家に帰るなり仕事の電話がかかってきて、緒世はまたすぐ出かけてしまった。

「今日は帰らないかもしれない。適当に食って、風呂に入って寝るように。寝具は明日届くから、今夜もソファで我慢してくれ。あと、家のものは勝手に使っていいが、火の元には注意しろよ」

こまごまと、子供を留守番させるように注意していった。よっぽど世間知らずだと思われているのだろう。

緒世を見送ると、ご飯を作って仙仙と二人で食べた。

たくさん買い物をしたこと、緒世が高い洋服ばかり選ぶので慄いたことなどを話すと、仙仙も驚いていた。

「なんというか、金銭感覚が我々と違いますね。そこはかとなく、セレブ臭がします」

「そうなんだよ。私のことをお坊ちゃんて言うけど、あの人こそお坊ちゃんだったんじゃないかなあ」

「最初は、なんてデリカシーのない男だと思いましたが、今日の夜羽様への扱いを伺った限り、まあまあ紳士ですね」

緒世に辛辣《しんらつ》だった仙仙だが、緒世が夜羽のためにあれこれ心を砕いてくれているのを聞いて、少し見方を改めたようだ。食費をパーッと一万円も使わせてくれたのも、大きいかもしれない。

上級天使、特権階級だったかもしれない人物が、今なぜ、堕天して人間界にいるのか。

深い事情があるのだろう。気になるけれど、簡単に踏み込んでいいことではない。

それより夜羽が注力すべきは、人間界に慣れること。それからモブ田の理想のドS女王様になることだ。まったくなれる気がしないが。

「でも、あの男……」

仙仙がふとつぶやいて、難しい顔をした。目の周りが黒いので表情がわかりづらいが、眉間にちょっとだけ皺《しわ》が寄っている。

何か気がかりなことがあるのだろうか。

「どうかしたのかい」

夜羽が促したが、仙仙はすぐ思い直したように首を横に振った。

「いえ。大したことではないんです。私の気のせいです」

「なんだか気になる言い方だねえ」

とは言ったものの、二人で豪華な夕食を食べつつおしゃべりしているうちに、夜羽はそんな会話があったことなど、すぐに忘れてしまった。

ご飯を食べて後片付けをして、それからは掃除や洗濯をして時間を過ごした。

晩ご飯は緒世の分も作ってみたのだけど、その日は結局、彼は帰ってこなかった。


緒世が帰宅したのは、翌日の昼過ぎだ。

「ちょっと、困ったことになった」

その時、夜羽は仙仙と昼ご飯を食べていたが、緒世が帰ってくるなり難しい顔でそんなことを言うので、不安になる。

緒世はすぐには続きを言わず、疲れたようにリビングのソファに座り込む。それからダイニングテーブルの上に並んだ昼ご飯へ「美味そうだな」と興味をそそられたような視線を送った。

「緒世さんもいかがですか。カレーとサラダですが。多めに作ったんです」

夜羽が誘うと、緒世は嬉しそうな様子で食卓に着いた。

「ありがたい。忙しくて、昨日は夕飯を食う時間がなかったんだ」

なかなか多忙で、生活時間が不規則なようだ。昨日はちょっと顔色がよかったのに、今はまた青白い顔をしている。寝ていないのだろうか。

夜羽はさっそくカレーをよそい、昨日のうちに作り置きしておいた総菜を何品か出した。

「すごいな。これはぜんぶ、パンダが作ったのか」

「違います。私はお手伝いをしただけです。ほとんど夜羽様が作られたのですよ。心して食べてください」

仙仙が胸を張って言うと、緒世は驚いたように夜羽を見る。

「夜羽様は料理がお得意なんです。料理だけでなく、なんでもできます。貴族のお坊ちゃんなどと侮《あなど》らないように」

「シャ、仙仙、そんなこと言わなくていいから」

慌ててモフッと仙仙の口をふさぐ。昨日、夜羽をお坊ちゃんだと言った緒世は苦笑した。

「そうだな。確かに、何もできないお坊ちゃんだと思ってた。悪かったよ。それじゃあ、いただきます」

礼儀正しく手を合わせた緒世は、カレーを一口食べて「美味い」と唸った。腹が減っていたのか、黙々と他の料理も平らげる。

出された総菜は全部食べて、カレーも二回お替わりした。最後に仙仙が淹れたお茶を飲んで、満足そうにため息をついた。

「久しぶりにまともな物を食った気がする」

「お口に合ってよかったです」

「どれも美味かった。ひとごこちついたよ。腹が減ってるし寝てないしで、頭が回らなくてな。ところでひょっとして、部屋の掃除もあんたがしてくれたのか」

緒世はようやく気づいたように、ぐるりと室内を見回した。

昨日は雑然としていたリビングは、今は物が整頓《せいとん》されている。埃も綺麗に払われていた。

「はい、そちらは仙仙と。すみません、掃除機など掃除道具を使わせていただきました。整頓しただけで、物を捨てたりはしていません。緒世様の部屋には立ち入っていませんので」

昨日から今朝にかけてやることもなかったので、総菜を作ったり掃除をしたりして過ごした。

住環境を居心地のいいように整えるのは、蟄居《ちっきょ》生活が長かった夜羽の趣味のようなものだ。

「それは、勝手に使えと言ったので構わないが。パンダの言うとおりだな。家のことは、俺よりなんでもできるみたいだ」

あまりにも感心したように言うので、いささか照れてしまった。

「助かった。俺も家事は教えられないんで、知り合いの元魔族に行儀見習いに出そうと思ってたんだ。このマンションの大家なんだがね」

緒世が住むマンション一棟を賃貸経営している大家さんは、魔界出身なのだそうだ。元魔族が不動産経営をしているのも驚くが、元天使が店子《たなこ》なのもびっくりした。天界と魔界はいにしえより、水と油みたいに反目し合っているのに。

そういえば、この近辺は天使や魔族が多いのだと、スーパーで出会ったヴィクターという男も言っていた。

「行儀見習いになど出さなくても、うちの夜羽様は、いつどこに嫁に出しても恥ずかしくありませんよ」

仙仙がそう言ってまた、胸を張る。

「そのことなんだが」

嫁、と聞いた緒世が、ふと表情を曇《くも》らせた。何やら困ったことになったと、言っていたのだっけ。

「モブ田さんがいなくなった」

「失踪《しっそう》ですか？」

「いや、行き先はわかってるんだ。イギリスに行っちまったんだよ。短期留学に」

「イギリス」

夜羽は子供の頃に叩きこまれた、人間界の世界地図を思い出してみた。今いる日本からは、かなり離れた場所だ。

緒世の話によれば、彼が作成したヒヤリングアンケートをモブ田に送ったあと、すぐに携帯電話に連絡がきたのだそうだ。

今、成田空港にいます。そう言われて、緒世は驚いた。

『昨日はまさか、悪魔を呼び出せるなんて思わなかったんで、びっくりしちゃって。それでうっかり言うのを忘れてたんですけどね。今日からイギリスに行くんですよ』

なんでもモブ田の大学はもうじき、夏休みを迎える。長期の休みにはいつも実家に帰るのだが、どうやらモブ田の両親は、モブ田が許嫁との結婚を回避しようとしていることに気づいているらしい。

　このまま実家に帰省すると、強引に縁談を進められてしまう。それでモブ田は、短期留学という名目で海外に逃亡することにしたのだった。

「問題はその留学期間が半年だってことだ」

　夏休みの間だけ、という予定だったのに、間違って半年のプランを申し込んでしまった。

『半年分の留学費用を払っちゃったし、こうなったら、グレートブリテンを満喫《まんきつ》するっす。大学はどうせ留年しそうなんで』

　だ、そうだ。

「あんたのこともあるから、一度は帰ってきてくれと言ったんだが」

『うぃっす、うぃっす。わかってますって。任せてください』

　などと軽い返事をするばかりで、本当にわかっているのか、今一つ信用できない。

「そんな。ど、どうしましょう」

　もしもモブ田がこの半年の間に日本に帰ってきてくれなかったら、契約遂行のタイムリミットが過ぎてしまう。

　夜羽は人間になってしまうし、緒世は……報酬をもらえるだろうか。

「モブ田さんが戻ってこない時は、あんたがイギリスまで会いに行くしかないな。あんたの魔力では海を渡れないだろうから、偽造パスポートを用意しよう」

ただし、そう何度も行き来はできないから、渡航先で確実にモブ田の心を摑む必要がある。モブ田の好みやこだわりを把握しておかなければ。

「頑張ります」

ぐっと拳を握った夜羽に、緒世はなぜか気まずそうな顔をした。

「ああ……。もう一つ困り事があってなあ。いや、困ってはいないんだが」

何やら歯切れが悪い。

「モブ田さんに送ったアンケート。いちおう返事はもらったんだ」

しかし、せっかく緒世が細かい質問票を作ったのに、それには答えてもらえなかった。

『すみません。俺、文字いっぱい読むと頭が痛くなるんですよね』

しかし、モブ田のこだわりを把握したい、という緒世の趣旨は理解したようで、

『アパートの押し入れに、俺の秘蔵コレクションが入ってるんで、それを持って行ってよく勉強してください。俺のこだわりがわかってもらえると思います。あ、鍵はポストの裏に貼ってあるんで』

ということで、緒世は先ほど、仕事帰りにモブ田のアパートに寄り、彼の秘蔵コレクションを持ってきた。

「もしかして、そこにある紙袋が……」

緒世が帰ってきた時、何やら両手に大きな紙袋を提げてるな、と思ったのだ。それは今、

リビングのソファの脇に置かれている。

「ああ。モブ田さんの秘蔵コレクション。成人向け漫画とアダルトＤＶＤだ」

「成人向け……あ」

意味がわかって、夜羽は顔を赤らめた。それを見た緒世がまた、気まずそうな顔をする。

「すみません。私、そちらのほうはとんと疎《うと》くて。恥ずかしながら、そうしたものは見たことがないんです」

魔界では、全年齢向けの娯楽にしか触れたことがない。

「そうじゃないかと思ってた」

「あのでも、大丈夫です。ここで私が頑張らないと、問題が解決しませんし。勉強させていただきますのでっ」

疎いとか苦手とか言っている場合ではない。鼻息荒く決意を表明すると、「お、おう」と緒世は鼻白んだ顔でうなずいたあと、思い直したようにため息をついた。

「そうだな。問題が解決できるかどうかは、あんたにかかってる。頑張ってもらおう」

それからぐるりと、綺麗に整った室内を見回す。

「ってことで、残る問題はあんたの住まいだな。知り合いに頼んではいるんだが、安くてセキュリティがしっかりしていて、それなりの部屋ってのがなかなか見つからない」

お坊ちゃん育ちの夜羽に滅多な住居は紹介できないと、条件をあれこれ付けてくれていたらしい。

隙間風の入るプレハブで暮らしていたのだから、そんな心配は無用なのだが、緒世は知らない。

「先立つものもないし、なるべく出費は減らしていきたいだろ？　で、さっき思いついたんだがな。あんたさえよければ、うちに住まないか」

「うちって。この、緒世さんの部屋ですか」

「無理にとは言わん。が、家賃光熱費はタダ。代わりにあんたはこの家の家事一切を請《う》け負う。毎日食事を作ってくれるなら食費はこっちが出すし、バイト代も払うが、どうだ」

思いも寄らない、けれど夜羽にとってはこの上もなくありがたい申し出だった。

ここにはほんの二、三日、居候《いそうろう》させてもらうだけのはずだった。勝手のわからない人間界で、頼りになる緒世と離れるのは想像するだに不安になったのだが、この先も一緒にいられるのか。

「でも……ご迷惑ではないでしょうか」

嬉しいけれど、これまでさんざん、緒世には迷惑をかけている。この上、さらに寄りかかるのは申し訳ない気がする。

「今さらだろ。なんとなく危なっかしいし、よそに住むより目に届く場所にいてくれたほうが安心する。遠慮なら必要ない。俺もあんたが家事をやってくれれば、ありがたいしな。

仕事が忙しすぎて、家の事に手が回らないんだ。そろそろ家事代行を雇わないとと思っていたところだ。さっきの食事といい、この部屋の掃除といい、仕事ぶりは申し分ない」

最後の一言に、ふわっと心が温かくなった。

これまでの人生で、誰かに仕事ぶりを褒《ほ》められることなどなかった。でも緒世は認めてくれている。半分は社交辞令だったり、目の届く場所に置いておくための方便かもしれないが、それでも嬉しい。

「人に使われることには慣れないかもしれないが、考えてみてほしい」

緒世は言ったが、考えるまでもなかった。夜羽は慌てて立ち上がった。

「ぜひ、やらせてください。外で働いたことがないので、至らない部分はあるかと思いますが、精いっぱい働きます」

深々と頭を下げた。仙仙も主人の決断に倣《なら》って席を立ち、お辞儀をする。

緒世がふっと笑いを漏らすのが聞こえ、顔を上げると、紫の瞳が柔らかく微笑んでいた。

「そう畏《かしこ》まらなくてもいいよ。慣れないことはあるだろうが、あんたなら大丈夫だろう。よろしく頼む」

言って差し出された手を、夜羽はまじまじと見つめた。それから握手を求められているのだと気づき、恐る恐る握る。大きくて温かかった。

「よろしくお願いします」

強く握り返されて、ビクッとする。そんな夜羽を見て、緒世はクスッと笑った。

男臭い笑顔に、夜羽は胸がドキドキするのを止められなかった。


こうして夜羽は、緒世のマンションで暮らすことになった。

翌日には寝具が届き、玄関近くの空き部屋をもらって運び入れた。

「隣の部屋が一番広いんだが、物置になってる。そっちを使いたければ、動かして勝手に移ってくれ」

緒世はあてがった部屋が狭いことを気にしていたが、夜羽は気にならない。というか、元の住まいもこれくらいだった。

六畳ほどの洋室には、クローゼットも付いている。半日かけて部屋の隅々まで磨き上げると、居心地のいい居室になった。

それだけで十分だったのに、緒世はどこからか、ミニラックと小さな中古のテレビをもらってきて繋いでくれて、さらに合鍵と携帯電話、当座の生活費まで渡してくれた。

至れり尽くせりだ。こんなにしてもらっても、何も返せない。

「いや、プライベートも必要だろ。タコ部屋じゃないんだから。仕事で返してくれればいいよ」

恐縮する夜羽に対し、緒世は鷹揚《おうよう》で太っ腹だ。ならば精いっぱい、自分の仕事をしよう。

住まいが整うと、夜羽は家主の許しを得て、家中を掃除、整頓して回った。

忙しくて手が回らないと言っていたとおり、どの部屋も雑然と散らかっており、全体が埃っぽかった。

便利屋の事務所は別にあるのだが、家に仕事を持ち帰ることも多いので、特に緒世の書斎は書類やら機材やらで埋まっていて、足の踏み場もなかった。

緒世がこのマンションに引っ越して、三年ほどになるらしい。物が増えたため、広い部屋に越したのだが、片付ける暇がなく物だけが散らかっていった。

数日後、仕事から帰ってきた緒世はリビングに入るなり、不思議そうに部屋を見回した。

「蛍光灯を換えたのか？　部屋が明るくなった気がする」

「いえ、蛍光灯のシェードを掃除しただけです。カーテンも洗ったので、明るく感じるのはそのせいかもしれません」

「なるほど。カーテンって、洗うものなんだな」

感心したように言うから、今まで自分で洗ったことはなかったのだろう。

「今日の夕飯は和食にしてみました」

促すと、緒世は「おっ」と目を瞠《みは》って食卓に着く。好き嫌いはないそうだが、こってりしたものよりあっさりめの食事が好みらしい。

緒世を観察して、夜羽はそんなふうに把握していた。

彼は毎日、朝早く出かけて夜遅くに戻ってくる。それでも夜羽が来てからこっちは、まだましなほうなのだそうだ。以前はどれだけ多忙だったのか。

「ちょっと前に従業員を増やしたんで、その教育もあって忙しいんだ。もう少ししたら落ち着くよ。そうしたら、あんたの件ももうちょっと手をかけられるから」

放置してて悪いな、などと言うから、慌てて首を横に振った。もう十分すぎるくらい、いろいろ面倒を見てもらっているのに。

「仕事を始めた当時はろくに依頼がなかったから、商売繁盛なのはありがたいんだがね。飯を食う間もないってのは問題だよな」

昼飯を食べ損ねた、とぼやき、肉じゃがのジャガイモを美味そうに頬張った。

夜羽たちは先に済ませてしまったので、今、食事をしているのは緒世だけだ。

そろそろ日付が変わる真夜中、仙仙もさっきまで頑張って起きていたが、ユラユラ船を漕《こ》ぎ始めたので先に寝かせた。

夜羽は二人分のお茶を淹れると、緒世の向かいに座る。緒世はちらりと夜羽を見たが、何も言わなかった。

「便利屋を始めて、どのくらいになるんですか」

「ん？　二、いや三年くらいになるか。その前は情報屋みたいなことをやってたんだ。知り合いの手伝いでたまに便利屋みたいなことを請け負ってるうちに、そっちが本業になった。その知り合いってのが亜門《あもん》っていう……あんたが召喚された時に、金髪碧眼の男がいただろう。あいつだよ」

亜門もまた、人間界にいる天使や魔族を相手にコンサルタントのようなことをしているそうで、同郷のよしみというわけではないが、一緒に仕事をするようになったそうだ。

「あいつの恋人は元魔族なんだ。その恋人の保護者が、このマンションのオーナー」

意外な繋がりだった。それに元天使の恋人が元魔族とは。

「なんだか、人間界にいる皆さんは、自由な感じですね」

元、と付くからにはすでに、天界や魔界に彼らの籍はないはずだ。自ら故郷を捨てたのか、追放されたのか事情はわからないが、よくよくの事情があるのだろう。

一度見たきりだが、亜門という男は優雅な印象だったし、元魔族とやらも不動産経営などして人間界に馴染《なじ》んでいる。

「自由か。そうだな。こっちに出てきたばかりの頃は、なんの基盤もないから苦労したし、今も苦労をしている奴はいるが。人間界ってところはそう悪くはない場所だ。少なくとも、天界よりは気楽だな」

最後の言葉に辛辣《しんらつ》な色を感じて、思わず相手の顔を見た。目が合って、緒世が苦笑する。

「他の元天使はどうだか知らないが、俺は故郷にあまり、いい思い出がなくてね。今は人間界に来てよかったと思ってる」

緒世が故郷を出るまでに、いったい何があったのだろう。聞いてみたかったが、まだ出会って一週間ほどで、そこまで立ち入ったことは聞けない。

夜羽が微妙な顔をしていたからだろうか、緒世はふっと表情をやわらげた。

「何が言いたいかっていうと、人間界もそう悪くないってことだ。近所に仲間もいるし、俺もいる。モブ田さんもまあ……クセは強いがそう悪い人じゃないだろう。頑張ればあと何十年かで、故郷に帰れる。だから、不安はあるだろうが頑張れよ」

励ましてくれている。夜羽は唐突に気づいた。というか、鈍くて今まで気づかなかった。

緒世は人間界に出てすぐ、苦労をしたと言っていた。右も左もわからない、その心細さを知っている。

だからだ。夜羽にこうして手を差し伸べ、何くれとなく世話をしてくれるのは、過去の自分と境遇を重ねているからだ。

緒世は、これが仕事だからと言っていた。モブ田からいくら報酬をもらえるのか知らないが、とてもコストに見合うとは思えない。

それなのに緒世は忙しい時間を割《さ》いてまで、夜羽の面倒を見てくれる。その上、こちらの不安を慮《おもんぱか》って励ましてもくれる。

「……っ」

唐突に何かがこみ上げてきて、夜羽はそれをぐっとこらえた。目の縁から、勝手に涙が盛り上がって溢《あふ》れる。

「あんた……」

ぼろっと唐突に涙をこぼした夜羽を見て、緒世は途方に暮れたような顔をした。

「ち、違うんです。緒世様の親切がありがたくて」

こんなふうに、見返りを求められず親切にしてもらうのは初めてだった。

その優しさに気づいたら、ずっと張りつめていたものが切れてしまった。堰《せき》を切ったように涙が流れて止まらない。

緒世はかける言葉を探しているのか、口を開いたりつぐんだりして、それから思い出したようにズボンのポケットからハンカチを取り出し、夜羽に渡した。

「大丈夫だ。ちゃんと故郷に戻れるようにしてやるから」

優しい言葉にまた涙がこぼれ、ありがとうございますとハンカチを握りしめる。

そうしながらふと、思った。自分は魔界に帰りたいのだろうか。

隙間風の入るプレハブ小屋を思い出し、ゾッとする。帰りたくない、という言葉が咄嗟に浮かんだが、それは緒世に対して不義理な気がして、そっと頭の隅に追いやった。

三

それから一週間ほど経ったある日、緒世が突然、「知り合いを紹介する」と言い出した。

「こないだ言ってた、亜門とその恋人の一家だ。一度、紹介しておきたい」

その日は珍しく緒世が早く帰ってきて、三人で夕食を摂っていた。

一週間も経つと、掃除はどの部屋もあらかた片付いて、見違えるように綺麗になっていた。緒世の書斎は物が多いので、まだもう少し整頓に時間がかかりそうだが、寝室は塵《ちり》一つなくさっぱりとしている。

家中がピカピカになったのを見て、緒世は「家に帰るのが楽しみになった」と言ってくれた。

仕事の時間は不規則だけど、日に日に家でご飯を食べる回数が増えているのが嬉しい。顔色も、以前よりよくなった気がする。

「俺だけでなく、魔界出身の知り合いもいたほうが、何かと心強いだろう。向こうには悪魔だけでなくしもべの妖精たちもいるから、パンダとも話が合うんじゃないか」

話を振られて、アジフライに齧《かじ》りついていた仙仙が「んぐっ」と目を見開いた。

「私のような者にまで気を遣ってくださり、ありがとうございます。緒世様」

最初は緒世に対して「この下郎」などと言っていた仙仙だが、今は手のひらを返したように慇懃《いんぎん》な態度を取っている。

というのも先日、緒世が仕事先でもらったと言って、青笹を土産に持って帰ったからだ。

「パンダが好きかと思って」

客先の家に立派な竹林があったので、わけてもらったのだそうだ。

笹は仙仙の大好物だ。熊猫妖精はなんでも食べるが、笹には特別な旨味を感じるらしい。魔界での倹約生活で好物を我慢していた仙仙は、涙ぐんで喜んだ。それから態度を一変させている。

「あのな。いい加減、その緒世様ってのはやめてくれないか」

恭《うやうや》しくこうべを垂れる仙仙に、緒世は苦笑する。

「夜羽、あんたもだ。俺は客でも主人でもないんだから、様呼びはやめてくれよ」

「えっ？　あっ、はいっ。かしこまりました。緒世さ……緒世さん？」

慌てて言うと、緒世は「硬いなあ」と笑った。

「それはともかく、二人とも明日は予定を空けておいてくれ。気さくな奴らだから、すぐ仲よくなれると思うんだ。近所だから、慣れたら日中、パンダを遊びに行かせるといい」

「仙仙だけで、ですか」

どうせなら一緒に遊びに行きたい。ここに来てから毎日、栄養のある食事をお腹いっぱい食べられるので、仙仙もようやく変化できるだけの魔力が戻ってきた。

人型になれば仙仙だけでも外出が可能だが、一人で出かけるのはまだ不安だろう。

「いや、二人で遊びに行ってもいいんだが。モブ田さんのコレクションで勉強する時は、一人のほうがいいだろう？」

「あ」

思い出して、ひとりでに顔が赤くなった。今は夜羽たちの部屋のクローゼットにしまわれている、モブ田のコレクション。

大量の成人向け漫画とアダルトDVDだ。

緒世の家のリビングにはDVDデッキがあって、操作方法も教えてもらっている。いつでも勉強できる態勢だ。ヘッドホンもある。

昼間、緒世のいない間に勉強をしようと、仙仙と二人で再生してみたのだが、いたたまれなくなってすぐに消してしまった。

夜羽にとって仙仙は、兄弟とか祖父母とか、そんな感覚だ。ただでさえ性的なことに慣れていないのに、兄弟祖父母と並んでアダルトDVDを観るなんてできない。

仙仙が気を利かせて寝室に行ってくれたりもしたのだが、すぐ近くにいると思うと集中できなかった。これは漫画も同じだった。

そんなわけで、ドS女王様になるための勉強はまだ、少しも進んでいない。

緒世に進捗《しんちょく》を聞かれ、「ちょっと集中できなくて」と言葉を濁《にご》していたのを、覚えてくれていたらしい。

「そういうことでしたら確かに、夜羽様と別行動を取れるのはありがたいです」

仙仙も気詰まりだったのだろう。大きくうなずいた。

そんなこんなで今後のために、夜羽たちは緒世の知り合いの魔族を訪ねることになった。

魔族の一家は、王家《おうけ》というのだという。緒世のマンションから駅を挟んだ反対側の、閑静な住宅街に邸宅を構えていた。

「待ってました。どーも、初めまして」

緒世に連れられて行った先で最初に出迎えてくれたのは、夜羽と同じくらいの年恰好の、小柄な青年だった。

「流可《るか》と言います。元悪魔だけど、今はただのフリーターです」

黒髪に大きな黒い瞳の、綺麗な顔立ちをしている。はにかみながら自己紹介するのが可愛らしかった。

「初めまして。夜羽と申します」

名乗り返しながら、流可の顔に見覚えがある気がして、首を傾げた。その名前にも聞き覚えがある。

「夜羽様のしもべ、仙仙と申します。……流可様？」

王家に来るまで人型に変身していた仙仙も、元の姿に戻って、何かを思い出そうとするように流可を見ていた。

やはり仙仙も、流可に覚えがあるらしい。

どこで会ったのか思い出せずにいたのだが、緒世が答えを教えてくれた。

「こう見えて、元は魔界の王子だったらしい」

流可が「こう見えては余計だ」と緒世を睨む。夜羽もようやく思い出した。

「流可様……第一王子ではありませんか」

魔界を統《す》べる女王の第一子だ。夜羽も何かの折に、ニュースで顔写真だけは見たことがある。

女王の後継者には別の王子が指名されているが、ともかく王族である。

まさか、そんな高貴な方がご近所にいるとは思わず、夜羽は慌てて膝を折った。流可がそれを止める。

「いや、俺はもう王子じゃないから。魔界を追放されて、今はしがないフリーターです」

聞けば数年前、魔界を追放になったらしい。

「亜門と駆け落ちしてな」

緒世が言う。流可が「駆け落ちって言うな」と顔を真っ赤にした。

ということは、亜門の恋人の魔族というのが流可なのだ。魔界の王子が天使と恋仲になって、魔界を追放された。

「まったく存じませんでした。ネットのニュースにも上がりませんでしたし」

「王族のスキャンダルだから、女王が隠してるんじゃないかな。俺はもう何ものでもないので、人間界のご近所さんとして接してください」

気さくに言う流可は、王族なのに偉ぶったところが少しもない。

それから流可は夜羽たちを家の奥に案内して、王家の家族を紹介してくれた。

「亜門は今日、仕事で留守なんだけど。こっちのキジトラ猫がダミアン。緒世さんちの大家。で、この犬がクーリンで、身体のデカい主夫がヴィクターで……」

「ちょっと流可様。雑すぎますよ！」

リビングに三人並んだ家族をざっと紹介する流可に、どこから見てもキジトラ猫にしか見えないダミアンが肉球を踏み鳴らして叱《しか》っていた。

三人とも、魔界では流可王子のしもべだった妖魔たちだそうだ。猫妖精《ケット・シー》の執事、ダミアンと、ボディガードの犬妖精《クー・シー》、クーリン。

猫妖精と犬妖精は、仙仙のような熊猫妖精と同じく、魔界では中位の魔族である。人間界で言うところの、平民の中の富裕層といったところだ。

それから魔族ではなく魔界の人工生命体であるヴィクターは、夜羽が初めてスーパーに買い物に行った時、声をかけてくれた人だった。彼はシェフ兼主夫だという。

「嬉しい偶然ですねえ」

ヴィクターと再会を喜んで、それからリビングに集まってみんなでお茶を飲んだ。

魔界の王族なんて、貴族以上に威張っていると思っていたのに、流可もその家族もみんな気さくで楽しい人たちだった。

夜羽が人間界に召喚され、召喚した人間の願いを力業で叶えなくてはならない経緯を聞いても、「『召喚士』のくせに」なんて蔑《さげす》んだりしない。

「そっか。『召喚士』って大変なんだな。俺、王族だったのに『召喚士』って何してるのかよく知らなくて。魔法陣で召喚されてカッコいいな、くらいにしか思ってなかった。子供の頃、魔界のアニメで『召喚士』が出てきてさ。憧れてた」

流可がしゅんと肩を下げる。素直でいい人なのだ。

「自分の魔法陣を持てるのは、悪魔の中でも『召喚士』だけですもんね」

ダミアンが言うと、緒世が「そうなのか?」と夜羽を見た。

「はい。魔界では『召喚士』の適性試験がありまして。これに受かると自動的に魔法陣が発行されるんです」

「官報……」

適性試験に合格した者は、魔界の官報に名前と魔法陣が掲載される。

「魔界にもあるんです。この官報に載ってる魔法陣を、人間界に流通させるのは『召喚

士』OBの仕事なんですよ」

緒世のつぶやきにうなずいて、夜羽は説明した。「召喚士」の実態は、魔界でも詳しく知られていないので、一同は興味深そうに話を聞いてくれる。

官報に載った魔法陣を、「召喚士」を引退したOBたちがせっせと異界、主に人間界へと流し、オカルト系の書物などに反映してもらえるよう働きかけている。

「召喚士」が活躍するには、何はなくても異界から召喚してもらわなければならないからだ。後輩「召喚士」たちの活躍の場を広げるべく、OBがボランティアで活動しているのだった。

「適性試験は、異空間を渡れるかどうかだけの試験ですから、受験資格は特になくて、誰でも受けられるんです。だから『召喚士』の家に生まれた人は、たいてい子供の頃に試験を受けて魔法陣を発行してもらうんです。私も、物心ついてすぐ、試験を受けさせられました」

魔法陣は悪魔によってそれぞれ形が違う。いわば悪魔の指紋のようなもので、一つとして同じものはない。

官報掲載から実際に異界に自分の魔法陣が流れるまで、ある程度の時間がかかる。

そのため、「召喚士」の家柄の子供はできるだけ早く適性試験を受け、魔法陣を発行してもらうのが慣例になっていた。

「まあ私の場合、異空間を渡れても、肝心の願いを叶えるための魔力が足りなかったんですけど」

異空間に入るだけなら、妖精だってできる。魔力がないなんて、俺の子ではないと父親に言われた。母親は妖精との不義を疑われたようだ。そのせいで、母親にもよく、お前のせいで父と不仲になったとなじられた。

「身内なのに、ひどいな。俺も父親が猫妖精だったから、他人からいろいろ言われたけど」

流可が顔をしかめる。魔界のネット記事で読んだことがある。流可は女王の第一子だったのに、父親の身分が低いせいで女王の後継ぎに指名されなかった。

「『召喚士』の方々は、皆様プライドが異様に高いんです。選民意識と申しますか」

仙仙が、ようやく話のわかる相手に巡り会えた、とばかりに力強く言った。

「でも実際には『召喚士』の血筋でなくても、異空間をくぐる適性を持っている方はたくさんいらっしゃるんですよ。『召喚士』たちが認めないだけで」

「え、そうなの？　なんでわかるんだ？」

流可のもっともな意見に、仙仙は「私にはわかるのです」と胸をそらせた。

「仙仙には生まれつき、『召喚士』の適性を見抜く力があるんです。妖精の中にはたまに、そういうことがわかる人がいるようで」

夜羽が説明すると、流可は目を輝かせて仙仙を見た。

「あ、じゃあ、俺は？　俺の適性はどうかな」

「申し訳ありません。流可様には、異空間をくぐる適性はないようです」

仙仙が恐縮したように告げると、流可はがっくりと肩を落とした。

「流可様に適性があってもしょうがないでしょう。それこそ魔力が十分ではありません」

ダミアンが呆れたように言うのに、「そうなんだけどさ」と唇を尖らせる。

「アニメの『召喚士』、カッコよかったんだよ」

「あの、でも。流可様にはありませんが、こちらの緒世さんには適性があります」

「え、俺？」

いきなり名前を挙げられ、緒世は目を白黒させた。他のみんなも驚いている。

夜羽も初耳だった。

「仙仙。それは本当なのかい？」

「はい。最初にお会いした時は気のせいかと思ったのですが。緒世さんには『召喚士』の気配がします」

仙仙が断言すると、一同は「おおー」と感嘆の声を上げた。流可は悔しそうだ。

「くそー。おっさんに負けた」

「おっさんて言うな。しかし、悪魔じゃないのに適性があるのかね」

何かの間違いじゃないのか、と言う緒世を、仙仙はキッと睨み返した。

「間違いではありません。そもそも、天使と悪魔は元は同じ種族ですから。天使に適性があっても、なんら不思議はないのですよ」

「同じ種族か。確かにそうだよな。おっさん、さすがは元上級天使」

「あのな。亜門のほうが年上なんだぞ」

緒世が嫌そうに流可に反論する。二人のやり取りを聞いて、夜羽はやはりと納得した。

「緒世さんは、上級天使だったんですね」

「元、な。天界を出たんだから、上級だろうが下級だろうが変わらんよ。今はしがない便利屋だ」

しがないと言いながら、緒世の口調はサバサバしている。

「なかなか繁盛してらっしゃいますよね、社長。緒世さんが住んでおられるお部屋、よろしければ賃貸から分譲にもできますよ」

ダミアンが言う。不動産経営をしているのは、このキジトラ猫らしい。

「俺より亜門のところのほうが繁盛してるだろ。けど、それよりがっつり儲《もう》けてるのが王家の猫執事だ。この肉球、こう見えてやり手だぞ」

緒世の軽口に、夜羽は思わず笑ってしまった。仙仙も笑っている。

こんなふうに笑ったのは、いつ以来だろう。

(楽しいなあ)

大勢でワイワイしゃべって、笑って。すごく楽しい。この時間がずっと続けばいいのにと、夜羽は思う。

それから夜羽たちは大いにおしゃべりをし、夕飯までご馳走になった。

帰りは王家のみんなが見送りに出てくれた。

「またいつでもいらしてください。どちらかお一人でも、お暇ができましたら。うちは必ず、誰かが家にいますからね」

ダミアンが言う。緒世から、だいたいの事情は聞いているらしい。夜羽に軽くウインクしてみせた。

「とても楽しかったです。緒世さん、今日はありがとうございました」

帰り道、夜羽は緒世に礼を言った。仙仙は小さく変身して、夜羽のポケットに納まっている。

「俺は何も。楽しめたならよかったよ」

緒世は鷹揚に返す。それから、ちらりとこちらを振り返った。

「悪かったな」

「えっ、何がですか」

何か謝られることがあっただろうか。

「最初の頃、あんたのこと、お坊ちゃんとか世間知らずとか、他にもいろいろ失礼なことを言った。あんたの苦労も知らずに、思い込みで嫌な態度を取って、悪かった」

頭まで下げられて、夜羽はびっくりした。

王家でのおしゃべりの中で、夜羽は自分のことをあれこれ話してしまった。

魔力が足りないせいで、家族から冷遇されていたこと。見放されてからはずっと、離れのプレハブ小屋で仙仙と二人、貧乏な軟禁生活を送っていたこと。

恥ずかしくて言えないと思っていたけれど、王家の人たちの中にいると、素直に自分の境遇を口にすることができた。

流可は「ひどい」と憤っていたし、ダミアンたちは「大変でしたね」と労《いた》わってくれた。

「緒世さんが謝ることなんて、何もありません。私が世間知らずなのは本当のことです。それに、緒世さんがいなかったら私、あの場で契約不履行で人間堕ちしてました。今もこうして、私たちによくしてくださいますし。ありがとうございます」

人型の仙仙と共に深々と頭を下げると、緒世は「いや、俺は別に」と、珍しく戸惑ったような、照れ臭そうな顔をした。

「本当に、頭を下げられるほど大したことはしてないよ。ただ、魔界も天界と同じくらい窮屈なのかなって思ってさ。頑張って契約遂行して、無事に魔界に戻ってほしい気持ちはあるが、戻った先も軟禁生活じゃ、浮かばれないよな」

複雑そうな顔をする。彼は今だけではない、夜羽が魔界に帰ったあとのことまで心配してくれていたのだ。口調はぶっきらぼうだけど、お人よしなくらい優しい人だ。

「大丈夫です」

だから夜羽は、そんな優しい緒世の心配を払拭するように、満面の笑みを浮かべてみせた。

「私がきちんと『召喚士』としての仕事を完遂して帰れば、両親も軟禁生活を解いてくれるでしょう。まあ、仲よし家族というわけにはいきませんけど、もともと愛情の薄い家族でしたし」

子供の頃から、とにかくやたらと厳しい両親だった。勉強はできて当たり前。できなければ叱責《しっせき》され、時に体罰を受ける。褒められたことは一度もない。

なんてことを口にしても、緒世を心配させるだけなので、言わなかったが。

「そうか。ならいいんだがな」

「はい。これから、モブ田様の理想に近づけるよう頑張ります。緒世さんをはじめ、皆さんにこんなに協力していただいたんですから」

召喚された時はこの世の終わりかと思ったが、人間界に来られてよかった。

百二十五年の人生で、今が一番楽しいと言ったら、緒世にまたいらぬ気を遣わせるだろうか。

「そんなの気にしなくていい。ま、ほどほどに頑張れよ」

「はい！」

家に帰ると、交替でお風呂に入って、おやすみなさいとそれぞれの寝室の前で別れた。心地よい疲れが身体を満たしている。

「今日は本当に楽しかった！　ヴィクターさんのお菓子もお料理も、美味しかったですねえ。妖魔の人たちとあんなにいっぱいおしゃべりしたのは、初めてです」

ベッドにもぐった仙仙は、今日の出来事を反芻《はんすう》するようにうっとり目を閉じて言った。夜羽も隣に寝転んで、そうだねえ、と相槌《あいづち》を打つ。

仙仙が屋敷に来たのは夜羽が子供の頃で、仙仙もまだ子供だった。だから彼は夜羽と同じく、同年代の子供と遊んだことはないし、友達だっていなかったはずだ。

生まれて初めての友達との団欒《だんらん》。喜ぶ仙仙を見て胸が痛くなった。

「ずーっとここにいたいなあ………あっ」

仙仙は、思わずつぶやいてしまったのだろう。ハッと我に返って口を手で覆《おお》った。

「嘘《うそ》。今のは嘘です。すみません。夜羽様が大変な思いをされている時に。私ったらなんということを」

ずうんと落ち込んでしまったので、いいんだよ、と微笑んだ。白と黒のふわふわの被毛をそっと撫でる。

「私も同じように思ってるんだから」

「夜羽様……」

「ここは本当にいいところだよね。でもまあ、私は出来損ないでも『召喚士』だから。自分の仕事を頑張るよ」

上掛けを首までかけてやり、おやすみ、と肩口を軽く叩いてやると、仙仙は再び目を閉じた。やがて静かな寝息が聞こえてくる。

ずっとここにいたいという、それは仙仙の本音なのだろう。だって、ここは自由に息ができる。

緒世にはああ言ったけれど、夜羽の両親がそう簡単に態度を軟化させるとは思えなかった。今頃は厄介払いができたと喜んでいるだろう。出来損ないの息子が戻ってくるなんて、彼らにとっては面倒以外の何ものでもない。

魔界に戻ったら、また離れに閉じ込められる。

さりとて「召喚士」は、任務を遂行してしまえば人間界に留まることはできない。召喚された時と同様、任務を完遂すると魔界への入り口が開いて、呼び出された悪魔は強制的に戻されてしまうのだ。

(その時は、仙仙は人間界に置いていこう)

この子だけでも自由にしてやりたい。

任務を遂行して魔界に戻るまで、あと何十年か。それまでには、仙仙も人間界に馴染んでいることだろう。

これまでは、とても仙仙を残していくことなど考えられなかった。でも今日、王家の人たちに出会って変わった。

彼らがいれば、仙仙は一人ぼっちにならない。王家の人々だけでなく、これから人間界で過ごすうちに、他にも魔族の友達ができるかもしれない。

魔界では、夜羽のために不自由を強いてしまったから、残りの人生は自由に楽しく、自分のために過ごしてほしい。

仙仙の寝息を聞きながら、夜羽は密かにそんな決意をするのだった。


「エロスって、難しいなあ」

それから一週間後。夜羽は誰もいないリビングで虚《うつ》ろな目をしてつぶやいている。

エロは奥が深い。そして難しい。

王家に初めて招かれた翌日から、さっそく仙仙を王家へ遊びに行かせ、夜羽は一人でモブ田コレクションの勉強に取り掛かった。

時間の許す限りＤＶＤを観賞し、漫画を読み込んでいるのだが、今一つ頭に入ってこない。

コレクションを立て続けに見たので、経験のない夜羽でもさすがに、エッチとは具体的に何をするのかわかってきた。

前戯にもいろいろなパターンがあり、性器の結合の仕方にもバリエーションがある。

そこまではわかるのだが、モブ田がいったい何を求めているのか、彼のこだわりのプレイとはなんなのか、コレクションからは読み取れないのだ。

「『女王様とお呼び！』じゃ、ダメなのかなあ」

今、観ていたアダルトＤＶＤでは、まさに女王様がそんなセリフを言っていた。でも最初にこれを言ったら、モブ田に論外だと突っぱねられてしまったのだ。難しい。

「どうしよう。ぜんぜんわからないよ」

一人勉強会を開くようになって、一週間が経つ。人間界に来てそろそろ一月《ひとつき》。早くも一か月だ。このままずるずる時間が経ってしまうのではないか、と焦りを感じている。

「うう、休憩。ちょっと休憩」

独り言をつぶやいて、夜羽はＤＶＤを停止させると、ヨロヨロとした足取りでリビングからダイニングキッチンに移動した。

もう昼過ぎだ。今日も朝から、緒世は仕事に、仙仙は王家へ出かけていた。

夜羽は二人を送り出してすぐ、勉強に取り掛かったのだが、連日アダルトＤＶＤを観賞し続けているせいか、食傷気味である。

「どうしよう。こんなんじゃ、いつまで経ってもモブ田様の嫁になれない」

ドＳ女王様の概念はわかるのだが、萌えられない。真髄《しんずい》が理解できない。

エロ漫画やエロＤＶＤを見ても性的興奮を覚えることができず、それも夜羽の焦燥の原因だった。

こんなにエロに溢れているのに、心も身体も反応しない。もともと性欲は薄いほうだと思っていたけれど、もしや自分はＥＤなのだろうか。

ダイニングテーブルで一人、お茶を飲みながら悶々《もんもん》としていた時、玄関のインターホンが鳴った。

誰だろうと夜羽がインターホンのカメラを確認するより前に、玄関のドアが開く音がして、「ただいま」という声が聞こえてきた。

緒世の声だ。日の高いうちに帰ってくるなんて、珍しい。鍵を持っているのにインターホンを押したのは、夜羽が勉強中だということを考慮したからだろうか。

「勉強中に悪いな」

案の定、リビングに入る手前の廊下から、いささか大きな声をかける。夜羽がドアを開けると、緒世は何やら段ボールの箱を抱えていた。

「お帰りなさいませ。今日のお仕事はもう終わりですか」

「ああ。新人が使える奴なんで、任せてきた」

言いながら、緒世は持っていた段ボール箱をダイニングテーブルに置いた。箱には、人間界で有名な通販サイトのロゴが入っている。

「今日、便利屋の事務所に届いたんだ。モブ田さんから、あんた宛てのプレゼント。中身はわからん。が、なんとなく想像はつく」

緒世は先日、イギリスにいるモブ田に連絡を取ったのだそうだ。夜羽が嫁になるべく修業中だという報告と、悪魔を呼び出した本人だという自覚に今一つ欠けるモブ田に責任を思い出させるためだ。

「案の定、忘れていてな」

「ええっ」

そういえば、そんなことありましたっけ、と言われて愕然《がくぜん》とした。それで、夜羽が日々頑張っているということ、呼び出した本人としてあんたも責任をまっとうしろと強く言ったところ、通販サイトの段ボールが送られてきたのだった。

「何が入ってるんでしょう」

「開けてみたらどうだ」

ほい、とカッターを渡され、恐る恐る開けてみる。中にはいろいろ入っていた。

最初に目についたのは、黒いレザー製品だ。コルセットとガーターベルト。パッケージに製品を身に着けた女王様っぽい女性の写真があって、そういうコスチュームだとわかった。それから、これも革製の鞭《むち》と手錠。夜羽もＤＶＤで勉強したのでわかる。

「あとこれは……液体糊？」

「いや、ローションだよ。潤滑剤だ」

大きなボトルが何かわからずにいると、緒世が教えてくれた。よく見れば確かに、ローションと書いてある。

箱の中にはさらに、贈り主からのメッセージカードが入っていた。

『形から入るのもアリっす。ＮＴＲについては、ぜひイケメンの緒世さんに協力してもらってください。イケメンにＮＴＲれるのがサイコーに惨めで萌えます』

名前があったので、目の前の緒世にメッセージを見せた。それを読んだ緒世は、複雑そうな表情を浮かべる。

「ＮＴＲって……」

なんの略だろう。バンド名などでは、なさそうだ。

答えを求めるように緒世を窺い見ると、彼はますます複雑そうな顔をした。ふい、と夜羽から目を逸らせる。

わりとなんでもズバッと口にする緒世が躊躇《ちゅうちょ》するとは。よほど特殊な性嗜好なのかもしれない。自分にできるだろうか。にわかに緊張する。

「まあ、とりあえずそっちは置いておいて。SMについてはモブ田さんの言うとおり、形から入るのもアリかもな。じゃ、頑張れよ」

言うなり、緒世がそそくさと踵《きびす》を返したので、夜羽は慌てた。

「待ってください。助けてください」

ただでさえ、行き詰まっているのだ。道具を置いていかれても、どうすればいいのかわからない。

それに比べて緒世は、性知識に精通しているようだ。藁《わら》にも縋る思いで緒世に縋りついた。

「緒世さんに協力を仰ぐようにって、モブ田様もおっしゃってますし」

「いや、しかし」

「ご迷惑なのはわかっています。でも私、本当に行き詰まっていて。モブ田様のコレクションはあらかた制覇したのですが、あの方のおっしゃる『萌え』がどうしても理解できないんです。DVDを観ても……その、ちっとも興奮しなくて。もうこれ以上、どうすればいいのか……」

あらゆる事情に精通している緒世ならば、何か的確なアドバイスをしてくれるのではないか。

今までさんざん迷惑をかけてきて、この上さらに頼るのは気が引けるが、そんなことを言っている場合ではない。萌えを理解できなければ、緒世にもっと迷惑をかけることになる。

必死に訴える夜羽を、緒世は困った顔で見下ろした。

「あ……申し訳ありません」

本当に困惑した表情だったので、はたと我に返る。それから心が萎《しぼ》んだ。

忙しい仕事を抜けてわざわざ荷物を届けに来てくれたのに、さらにアドバイスをしろなどと、あまりに図々しいではないか。

「厚かましいお願いを申しました。お忙しいのにお引き止めして、すみません。お仕事もあるのに」

親切な緒世も、さすがに呆れたかもしれない。深々と頭を下げると、「いや」と慌てた声が返ってきた。

「今日の仕事はもう大丈夫だ。……いや、そうじゃなくて。あんたはその……俺で、いいのか？」

その物言いに、夜羽は内心で首を傾げた。俺で、とはどういう意味だろう。

「もちろんです。他に頼れる方もいませんし。あっ、王家の方々にご協力いただく、ということでしょうか」

確かに彼らも人間界での生活が長い。ダミアンなどは緒世と同じくらい物知りだろうが、愛くるしいキジトラ猫に性的なことを尋ねるのは勇気がいる。

流可などは、恋人のことを聞いただけで真っ赤になっていたから、いかがわしいことを口にするのは気が引ける。

「王家の方々より、私はできれば緒世さんに、ご協力をお願いしたいのです」

モジモジしながら言うと、何か低く呻《うめ》く声が聞こえた。

「……わかった」

深いため息のあと、緒世が言った。押し殺した声だったので、やはり迷惑だったのだとしゅんとする。

「すみません」

でも、他に頼れる人がいない。

「謝らなくてもいい。俺にとっては役得だよ」

夜羽が落ち込んでいたからだろう、表情を優しく変えて言う。アドバイスをするのに役得とは意味不明だが、とにかくいい人だと思った。

「じゃあちょっと、先にシャワーを浴びてきていいか」

「あ、はい」

仕事から帰ったばかりだし、さっぱりしたいだろう。うなずくと、緒世はバスルームへと消えた。

萌え習得の糸口が見つかって、少しホッとする。

「そういえば、お昼ご飯」

緒世に、お昼ご飯を済ませたか聞けばよかった。もしまだなら、二人で食べられる。サッと作れるものはなんだろうと冷蔵庫の中身を確認していると、早くも緒世が戻ってきた。

「あの、緒世さ……」

お昼ご飯は、と続けようとリビングを振り返り、言葉がつかえた。緒世がズボンを穿《は》いただけの半裸だったからだ。

上半分とはいえ、緒世の裸を見るのはこれが初めてだった。

普段、風呂上がりでもTシャツを着たりして、こんな艶《なま》めかしい恰好をすることはなかったのに、今日に限ってどうしたのだろう。

見てはいけないようなものを見てしまった気がして、慌てて目を背けた。しかし、一瞬でその姿を目に焼き付けてしまった。

（か…………っっこいいっ！）

エロＤＶＤでは少しも感じなかった高揚が嵐のようにやってくる。

逞《たくま》しいとは思っていたが、緒世の裸体は想像以上に艶めかしかった。便利屋の社長にはいささか過ぎた大胸筋がいやらしく見えるのは、夜羽の心が汚れているからだろうか。

腹筋は見事に割れて、ジーンズのウエストからちらりとのぞく腰骨が男臭い。

（あーっ、ああーっ！　ナイト様っ。これはまさにっ、三次元のナイト様っ）

大好きな乙女ゲーの推し、ナイト様に初めて出会った時のときめきを思い出す。

そうだ、萌えとはこういうものだ。

自分の性癖とは程遠いジャンルのエロを延々と観賞し続けたおかげで、心が萎んで枯れ果てていた。

でも今、緒世を見た瞬間から心が躍り、幸せなエナジーが手足の爪の先まで行き渡る。

恵みの雨と陽の光が降り注いだようだった。

「……大丈夫か」

心配そうな声がして、夜羽はようやく我に返った。緒世が弱った顔をして、「すまん」と頭を掻いている。

「別に、今すぐでなくてもいいんだった。俺もテンパってるのかもしれん。あんたの気が乗った時にしよう」

そうだ、こちらから協力してくれと頼んだのだ。緒世としては、すぐにアドバイスや解決策を示すつもりだったのだろう。

「いえっ、気持ちなら十二分に乗ってます。乗りまくってます。ぜひ、ご教示いただきたいです」

ようやく萌えを実感できた。これをモブ田の嗜好に繋げられれば、任務を遂行できる。

鼻息荒く願い出ると、緒世は「そうか……」と言いながらちょっと身を引いた。

「じゃあ、その。あんたもシャワーを浴びてきたらどうだ。準備とかあるだろう」

言いにくそうに言う。なんの準備だろう。

疑問に思った時、相手の視線がちらりと通販サイトの段ボールに動くのを見て、コスチュームを着てこい、ということかなと気づいた。

形から入るのもアリだと言っていた。まずはモブ田が贈ってくれたものを身に着けたほうがいいのかもしれない。

(レザーは蒸れるから、シャワーを浴びたほうがいいってことかな)

そこまで見当をつけて、夜羽はうなずいた。

「では、お風呂をお借りします」

「あ、ああ」

段ボールを抱えてバスルームへ赴く。身体を綺麗に清め、コスチュームを身に着けた。

ＤＶＤを観ていたので、何をどんなふうに身に着けるのかはだいたいわかる。

まずは、アンダーバストのコルセット。網タイツとガーターベルトと、それから肘上までである手袋。

どれも女性物のようだが、細身の夜羽には難なく入った。

「うわ。いかがわしい」

洗面台の鏡に映して絶句する。

レザーと網タイツで肌がだいぶ隠されているのに、大事なところが隠れていない。下半身はモロ出しだし、なまじアンダーバストのコルセットを身に着けているせいで、男なのに胸元が露《あら》わなのが恥ずかしく感じる。

形から入れとは言われたが、あらぬところをブラブラさせたまま緒世の前に出るのも気が咎《とが》めた。とはいえ、この衣装で普通のパンツを穿くのも逆におかしい。

仕方なくバスタオルを身体に巻いてリビングへ戻ると、緒世はソファで誰かと電話をしているところだった。

「……ああ、そうだ。悪いな。じゃあ、そういうことで。よろしく頼む」

話しながら夜羽の姿を認めて、ぎょっと目を瞠る。最後は早口になって電話を切った。

「あ……さっきの、着てきたのか。もしかして、全部？」

「は、はい。形から入れとのことでしたので、身に着けてみたのですが。あの、お仕事がお忙しかったですよね。無理を言って申し訳ありません」

頭を下げると、緒世は夜羽から視線を逸らしながら「いやいや」と手を振った。

「今日の仕事は終わりだって言っただろ。今の電話はクーリンだよ。パンダは今日は、あっちに泊まるそうだ」

「え、仙仙が？」

「夜に王家で、ホラー映画観賞会をするんだってさ」

なるほど、と夜羽は納得した。仙仙はホラーが大好きなのだ。夜羽が怖いのが苦手なので、二人暮らしの時はあまり、その手の話はしたことがなかった。

「ってことで、時間を気にしなくてよくなったんだが。とりあえず、何か飲むか。あんたも俺も緊張してるみたいだし」

夜羽が答えるより前に、緒世はキッチンへ行くとビールの缶を二本持って戻ってきた。

「飲みながら少し話そうか」

促されて、夜羽は緒世と共にソファに腰を下ろした。緒世は缶を開けてごくごくと一息にビールを呷《あお》ると、ふっと息をついて夜羽を見た。

「それにしても、ぜんぶ着てくるとは思わなかったな」

ちびちびビールを飲んでいた夜羽は、自分の恰好を指摘され、かあっと顔に血が集まるのを感じた。身体に巻いたバスタオルを腕でぎゅっと押さえる。

「だ、だって。形から入れと……やっぱり、おかしいですか」

「いや。というか、手足しか見えないんでわからない。タオルの下はどうなってるんだ」

コルセットとガーターベルトだけだと答えると、緒世は興味深そうにバスタオルに巻かれた身体を見つめた。

「あんまり、見ないでください」

「すまん。しかし、そんなに恥ずかしいなら、脱いでもいいんだぞ。というか今日、無理にしなくてもいいんだからな」

「いいえ、そこはぜひ。時間は有限ですし」

ただDVDを観賞するだけでは、無為に時が過ぎてしまう。前のめりになって言うと、緒世は「それは、そうなんだが」と、なおも迷うようにぐびりとビールを呷った。

「あんた、何もかも初めてだろう。ずっと軟禁されてたっていうし。それでいきなりはキツいだろう。……その、男に抱かれるってのは」

最後の言葉に、ゴフッと咽《むせ》てしまった。

「おい、大丈夫か」

「だ……抱かれるというのは、ハグって意味ではないですよね。つまり、セ、セッ……」

夜羽はようやく、二人の間に誤解があることに気が付いた。緒世も理解したようだ。はあっと大きく息をつき、頭を下げた。

「すまん。今のは忘れてくれ。ぜんぶ俺の早とちりだった」

言うなり、ソファから立ち上がる。どこかへ行こうとするのを、夜羽は焦って引き止めた。

「待ってください。行かないで」

慌てて立ったせいで、巻いていたバスタオルがはらりと落ちる。隠していた部分が露わになって、夜羽は声を上げてその場にしゃがみこんだ。

恥ずかしい。でも、早く引き止めないと緒世が行ってしまう。あうあうと言葉にならない声を出していると、緒世も気の毒に思ったのか、歩みを止めて戻ってきてくれた。

「まあ、落ち着こうか。……お互いに」

落ちたバスタオルを拾って、夜羽にかけてくれる。二人は改めてソファに座った。

「悪かった。モブ田さんのメッセージを見て、早とちりした」

「いえ……こちらこそ。NTRって、そういう意味だったんですね」

緒世の携帯電話を借りて用語の意味を検索した夜羽は、ようやく先ほどからの緒世の言葉を理解した。緒世もまた、夜羽がアドバイスを求めていたのだと聞いて、話が繋がったようだ。

「でもあの。そういうことでしたら、やっぱり緒世さんにお願いしたいです。えっと、アドバイスではなく……セ、セッ……を」

誤解を解き、ようやく気持ちを落ち着けてから、夜羽は改めて言った。でも言いきれなくて、尻すぼみになる。緒世は「おいおい」と困惑した声を上げた。

「大丈夫かよ。無理に俺とやらなくてもいいんだぞ」

「無理じゃないです」

また逃げられるのではないかと不安になり、急いで言った。

「無理じゃなくて、緒世さんがいいんです」

緒世は夜羽を抱いてくれるつもりでいた。それがわかって、光が差したように思えたのだ。

モブ田のところへは、好き合って嫁ぐわけではない。元より、両親に軟禁された時から、現実の恋愛など諦めていた。

そんな中に降って湧いた、これはチャンスなのだ。

「私、魔界で好きな人がいたんです。二次元ですけど」

「は？　二次元？」

緒世は二次元の意味がわからなかったようで、夜羽は好きな相手がゲームのキャラクターだということを説明した。

「そのナイト様ってキャラに、俺が似てるわけか」

「はい。激似です。最初に緒世さんを見た時は、もうどうしようかと思いました。今も思ってます」

お恥ずかしながら……と告白したが、緒世はどういう反応をしたらいいのか困っているようだった。

「そりゃあ光栄なんだが。しかし、なんだ。それは好きというより、憧れみたいなもんだろう」

「でも、緒世さんがいいんです。私にとって、あなた以上に想える相手はいません」

言いながら気が付いた。自分はナイト様より緒世が好きだ。

容姿は似ていても、二人の中身は違う。ナイト様はもっと紳士だし、いつもにこやかだ。緒世みたいにべらんめえでぶっきらぼうにしゃべらない。

緒世はせかせか歩くし、部屋だって散らかすし、寝起きは無精ヒゲを生やしている。でも、夜羽は緒世が好きだった。いつの間にかナイト様など忘れていて、彼自身を見ていた。そのことに今、気が付いた。

「参ったな……」

好きです、というより先に、緒世がつぶやいて頭を抱えたので、夜羽の心はしゅんと萎んだ。

「すみません」

自分の気持ちを押し付けすぎた。緒世は何もかも親切でしてくれているのに、一方的に恋愛感情を向けられても、重たいだけだろう。

だが緒世は、夜羽が謝ると弾かれたように顔を上げた。肩を落としている夜羽を見て、くすっと笑う。

大きな手が伸びてきて優しく頭を撫でたので、夜羽はびっくりした。

「参ったってのは、迷惑だって意味じゃない。逆だよ。すごい殺し文句を言われて、グッときた」

「殺し文句？」

「あなた以上に想える相手はいない、なんて。殺し文句だろう」

そう言って向けられた微笑みが急に艶めいて、思わずどきりとする。

「あの、それはつまり……」

「あんたが嫌じゃないなら、今から抱いていいか」

低く囁くような声に、夜羽は息を呑《の》んだ。

「ご、ご迷惑ではないですか。今さらですけど、緒世さんに恋人がいたら……」

「本当に今さらだな」

緒世は言って、おかしそうに笑った。

「そもそも恋人がいたら、あんたを家に住まわせたりしないよ」

それを聞いてホッとした。緒世はなおも艶めいた視線で夜羽を見つめる。

「さっき言っただろ、役得だって。真《ま》っ新《さら》なとびきりの美人を抱けるんだから。それに、美人ってだけじゃない。あんたを見ていると、なんていうか……」

饒舌にしゃべりかけて、緒世ははたと我に返ったように口をつぐんだ。

「いや、やめよう。これは深く掘り下げるべきじゃないな」

自分に言い聞かせるように、最後の言葉をぼそぼそとつぶやく。

「俺もあんたも、この先の結末は選べないんだ。選択できるのは今だけ。それなら細かいことは考えないほうがいい。思いきり今を楽しもう。いいか？」

同意を求められ、夜羽はこくりとうなずいた。今だけ。夜羽はモブ田に嫁がなければならないし、緒世は夜羽が好きなわけではない。

それでも構わない。緒世の言うとおり、この先のことは選べないのだ。それなら、今だけでも自分の思うようにしたい。

「じゃあ、行こうか。俺の部屋でいいか」

差し出された手を取って、もう一度うなずく。緒世は優しく微笑んで、夜羽の頬に軽く触れるだけのキスをした。

「……っ」

突然のことに夜羽が真っ赤になると、またくすりと笑う。

こちらを見つめる目は甘く優しく、それからどこか憐れんでいるようにも見えた。

緒世の寝室へ行くと、優しく抱き上げられてベッドに乗せられた。バスタオルが取り払われ、夜羽はあられもない姿になる。

「あっ、あの、ちゃんと脱いだほうがいいですよね」

なまじコスチュームを身に着けているのが恥ずかしい。しかし緒世は、ニヤッと人の悪い笑みを浮かべた。

「なんで？　もったいない。よく似合ってるぜ」

そう言うとベッドの縁に腰掛け、ベッドで膝を抱える夜羽に手を伸ばす。肩口にかかる髪をさらりと払いのけ、夜羽の頬をそっと撫でた。

「あんたのその姿を見るだけで興奮する。恥ずかしがってるところも可愛いよな」

「……っ」

緒世が触れた場所から、ぞくりと甘くむず痒《がゆ》いものが走って、思わず首をすくめた。目をつぶってしまった夜羽に、緒世は「キスしていいか」と囁く。うなずくと唇に柔らかなものが押し当てられた。

それはすぐに離れて、切れ長の目が覗き込んでくる。

「嫌じゃない？」

「……ない、です。緒世さん、なんだかいつもと雰囲気が違います」

「そうか？　どんなふうに？」

じっと見つめられて、夜羽は緒世の目を見ることができなかった。

「優しいというか、甘いというか。いつももっと、ぶっきらぼうなのに」

「そりゃまあ。これから抱く相手に、雑な態度を取ったらいかんだろ」

笑いを含んだ声は蠱惑《こわく》的で、緒世の余裕が窺える。キス一つでオロオロしている夜羽とは大違いだ。

「夜羽。怖いか？」

ふと声のトーンが変わった。視線を上げると、心配そうな紫の瞳がこちらを覗きこんでいる。

「一つ約束してくれ」

「え？　は、はい」

「これから俺がお前にすることで、嫌だと感じたらちゃんと口にすること。気が乗らなければ、いつでもやめていいんだからな」

緒世の表情は真剣だった。どこまでも、相手のことを考えている。夜羽はじわじわと温かいものがこみ上げてくるのを感じた。

（優しいなあ）

心がほんわかする。自分がボンテージの衣装を身に着けているのがシュールだが、甘酸っぱい思いに満たされた。

「はい。ありがとうございます。不安がないと言ったら嘘になりますけど。でも嬉しいんです」

「嬉しい？」

「だって、初めてを好きな人とできるなんて、思わなかったから」

魔界にいたら、一生誰とも触れ合えなかった。人間界に出てきて、互いの気持ちとは関係なくモブ田に嫁ぐつもりだった。

それが、人生の最初の経験を好きな人とできるなんて。

「夢みたいです」

そう言うと、目の前で緒世が、驚いたように目を見開いた。口を閉じて、また開く。

「あんた、な……」

低く呻くようにつぶやき、次の瞬間には、男臭い端正な顔が切なげに歪んだ。

「緒世さん？」

どうしたのかと問う前に、夜羽は逞しい腕に抱きしめられていた。

「またそういう、殺し文句を」

「え……」

戸惑う夜羽を、緒世はぎゅうぎゅうと抱きしめる。抱擁《ほうよう》を解くと、唇に何度も軽いキスをされた。

「あーっ、クソ。なんなんだ、あんたは。可愛いな」

不貞腐《ふてくさ》れたようにそんなことを言う。緒世の顔にほんのり赤みが差していた。

そんな彼を、なんだか可愛いと感じる。クスッと笑うと、睨まれた。

「ムカつくから、絶対に気持ちよくしてやる」

緒世がやっぱり不貞腐れたように言うので、夜羽はまた笑ってしまった。肩の力が抜け、キスに応える余裕さえ出てきた。

「あんた、笑うと可愛いよな」

夜羽をベッドに横たえてそう囁くと、緒世はそれから慈《いつく》しむようにキスや愛撫を繰り返した。

とても大切そうに扱ってくれるから、夜羽は自分が何か今までとは違う、特別な存在になった気がする。

「ん……っ」

ついばむようなキスが、少しずつ深くなっていく。それまではただ肌をなぞるだけだった骨太の指先が、胸の尖りを唐突に捻《ひね》った。

「あ……あっ」

電流のような快感が走って、夜羽は思わず声を上げた。

「や、そこ……」

「感じやすいんだな。もう勃《た》ってる」

甘く揶揄《やゆ》するような囁きに、ふと視線を下げる。緒世に乳首を捻られるたび、夜羽の性器がぷるぷると震えた。

「……っ」

羞恥《しゅうち》と快楽に訳がわからなくなる。ふわん、と自分にかけていた魔力が解けて、隠していた悪魔の角が出てきてしまった。

「す……すみません。お見苦しいものを……」

「なんで謝る？　綺麗だよ」

低く甘い声で囁かれ、頭が沸騰《ふっとう》しそうだ。

「それに、人間の姿を保っていられないくらい、感じてくれてるってことだろ。嬉しいね」

「や……」

恥ずかしさに脚を閉じようとすると、緒世の手が太ももに滑り込む。緩く勃ち上がりかけた新芽に、長い指先が絡んだ。そのまま優しく、性器を扱《しご》き上げる。

「んんーっ……」

ひときわ強い刺激が走り、夜羽は喉をのけ反らせた。

「あ、あっ」

緒世の手は巧みで、信じられないくらい気持ちがいい。たちまち射精感がこみ上げる。

だからその手が唐突に離れた時、肩透かしを食らったような気がした。

これで終わりなのだろうかと、ちょっとしょんぼりする。それを見て、緒世は笑った。

「そんな顔するなよ。これでイッても面白くないだろ。次はこっちな」

こっち、と言いながら、その指先が会陰《えいん》をかすめ、その奥にある窄《すぼ》まりを撫でる。思わずビクッと身を震わせると、「大丈夫だよ」とあやすようなキスをされた。

「ちゃんと慣らして、気持ちよくするから」

驚いただけで、怖いわけではなかったが、緒世にそうっと壊れ物みたいに扱われるのは嬉しかった。

「せっかく贈ってもらったから、こっちも使わせてもらおうな」

緒世がそう言って取り出したのは、通販の段ボールに入っていたローションだ。夜羽に脚を抱えさせると、手にローションをからめ、後ろの窄まりを探った。

「ひぁ……っ」

つぷりと指がもぐり込んでくる。何度か浅い部分で出し入れされたあと、指を増やして奥へと入ってきた。

「ん、ふっ」

先ほどよりも大胆な動きに、ムズムズと痒いような感覚が広がる。緒世は夜羽の反応を窺いながら手淫を続けていたが、指の角度を変えて会陰の裏を突いた。

「あぁっ……」

途端、得も言われぬ快感が駆け抜け、夜羽は大きく声を上げてしまった。緒世はそれを見て、なおも同じ場所を突いてくる。

「や……それっ、あっ」

性器が張り詰め、鈴口からはとめどなく先走りがこぼれている。今にも達してしまいそうだが、緒世は手を止めなかった。

「いいぜ、このままイッても」

そう言って覗き込む目に、いつの間にか熱がこもっている。

「緒世さん……。嫌です」

快感に抗うように声を絞り出すと、緒世の手がピタリと止まった。

「ん、気持ち悪かったか？」

指が引き抜かれ、心配そうな顔になるので、慌てて首を横に振った。

「すごく気持ちいいです。あの、そうではなくて。私ばっかりなのが……ちょっと寂しいというか。その、緒世さんも一緒に……」

夜羽があられもない恰好で責められているのに、緒世はまだズボンを穿いたままだ。自分ばかり奉仕されているようで、心苦しい。緒世も一緒に気持ちよくなってほしい。

そんな気持ちをうまく言葉に言い表すことができず、しどろもどろになっていると、緒世はふっと笑いを漏らした。

「なるほど。一方的なのはよくないな。というか、俺もわりと余裕がないんだわ」

言うと、緒世は手早くズボンを脱ぎ捨てた。下着を脱ぐと、勃起した性器が勢いよく跳ね上がる。

赤黒く逞しい怒張に、夜羽の目は釘付けになった。思わず、ごくりと喉が鳴ってしまう。

「怖くなった……わけじゃないみたいだな」

緒世はニヤリと意地悪な表情を浮かべた。

「念のため聞くが。このまま、最後までしてもいいか？」

「……っ、はい。したいです」

先ほどのような快感を、緒世と一緒に味わえる。想像しただけでドキドキした。

「じゃあ、力抜いてな」

緒世は優しい声で言い、夜羽の脚を抱え上げる。窄まりに熱いものが触れて、びくりとする。緒世は安心させるように微笑んで、ゆっくりと昂《たか》ぶりを埋め込んだ。

「あ……ふ……っ」

少しずつ、熱くて大きな塊が入ってくる。緒世は何かをこらえるように時おり息を詰めていたが、根元まで入れると、大きく息を吐いた。

「す、げ……ヤバいな」

苦しそうにつぶやいて、顔をしかめる。

それから身震い一つすると、彼の背中に真っ白な天使の翼が現れた。

「わあ……」

純白の美しい翼に、夜羽は思わず見惚れる。天使の羽を見るのは初めてだ。

「はは。俺もあんたと同じだ。気持ちよすぎて姿を保ってられないなんて、こんなことは初めてだな」

どこか照れ臭そうに言って、夜羽を覗き込む。

「痛くない？」

「痛くはないです。お腹がいっぱいな感じがします」

感覚を素直に言葉にしただけだったが、緒世はふはっ、と笑いを漏らした。楽しそうに笑いながら、夜羽にキスをしてくる。

「あんたは面白いな。そうか。腹いっぱいか」

「あっ」

緩く腰を打ち付けられ、軽い刺激に声が上がった。

「面白くて、とびきり美人で、それに可愛い。あんたは夢みたいだと言ったが、俺もそうだよ」

「あ……や、ぁっ」

律動が次第に速く激しくなる。突き上げる角度が変わり、指でされた時のように強い快感が駆け抜けた。

「ひ……ぁ、あ……」

触れ合う肌に、先ほどの一方的な愛撫とは異なる充足を感じる。本当に緒世に抱かれているのだとようやく実感して、胸がきゅうっと切なくなった。

「緒世、さ……」

夜羽は腕を伸ばし、緒世の肩に縋る。その時、ひときわ激しく突き上げられ、脳が痺れるほどの絶頂を味わった。

「あ、い……っ」

たまらず精を噴き上げる。快感に身体が強張《こわば》り、緒世を食い締めた。

「夜羽」

苦しげに緒世が名前を呼び、夜羽の身体を抱きしめる。荒々しく口づけをしながら腰を打ち付けると、身体がぶるりと震えた。

「あ……」

じわりと繋がった部分が滲《にじ》んで、緒世が射精したのがわかった。
自分を抱く緒世の背中を、夜羽も抱きしめる。相手の胸の鼓動が身体に響く。
(幸せ……)
うっとりと目を閉じ、生まれて初めて味わう幸福に浸っていた。

四

「夜羽」

名前を呼ばれ、はっと目を覚ました。なんだかとても、幸せな夢を見ていた気がする。

目を開けると好みドストライクな美貌があって、見惚れてしまった。

「カッコいい……」

思わずつぶやくと、男が呆れたような半目になる。

「元気そうだな。白目剝《む》いたまま揺さぶっても起きないから、心配した」

そういえば、自分の部屋と天井が違う。ぐるりと眼球を動かして周りを見て、それが緒世の寝室だと気づいた。

同時に、眠りに落ちる前の自分がどんな状況だったのかを思い出す。

「すみません。寝落ちしてました」

緒世に抱かれた。何度も何度も精を放って、緒世も夜羽の中に幾度となく吐精した。

革のコルセットや手袋は途中、汗でベタベタになったのですべて外し、全裸になってまた抱き合った。

最後はへとへとになって、もうできませんと弱音を吐いたら、緒世は笑っていた。それから夜羽を抱き上げ、バスルームまで連れて行って、汚れた身体を隅々まで洗ってくれたのだ。

再び寝室に戻るとシーツは綺麗に取り換えられていて、水を飲まされたり、痛いところはないかと聞かれもした。

緒世は激しい中でも優しかったから、痛いところはなかった。ただ普段は動かさない筋肉を動かして、身体中がギシギシしている。

ちょっと休むか、と一緒にベッドに寝転がったものの、数分と経たないうちに緒世はまた夜羽に愛撫を仕掛けてきた。

ムラッときた、と言われてまた貪られ、夜羽も気持ちよくなってしまい、結局最後までしてしまった。

自分でもよくそんなに性欲が続くなと感心するが、体力は続かず、何度目かの吐精のあと、失神するように眠ってしまったらしい。

「そろそろ腹が減らないか」

時計を見ると、夕飯の時間をとうに過ぎている。そんなに眠っていたのか。

「すみません。今すぐ支度を」

慌てて起き上がろうとしたが、身体が鉛を飲んだように重く自由に動かない。

「無理するな。ケータリングを頼むか、俺が買ってくる。何か食べたいものはあるか」

特になかったので、任せることにした。緒世が寝室を出て行くのを見届けて、よっこらしょと上体を起こす。

緒世はTシャツとハーフパンツを身に着け、天使の羽をしまっていたが、夜羽は全裸のままだった。快楽のあまり露わになった巻き角もそのままだ。

眠る前の行為を反芻し、人知れず赤くなる。

(すごく気持ちよかったな)

世の中には、あんなに気持ちのいいことがあるのだ。いろいろ恥ずかしいことをしたりさせられたりしたけれど、幸せな時間だった。

緒世は大切に夜羽を扱ってくれて、まるで本当の恋人になった気分だった。

そんなはずはないけど、でも嬉しい。

(ずっと、この時間が続けばいいのに)

突然の幸せに欲張りになってしまい、実現するはずのないことを考えてしまう。

しばらくすると緒世が戻ってきて、夜羽を抱えてバスルームに連れて行ってくれた。自分で歩けますと言ったのだが、いざベッドから降りると足がガクガクしてしまい、ガニ股で壁伝いに歩かなければならなかった。

笑いをこらえきれなくなった緒世が、笑いに震えながらひょいと抱き上げた。

「うう、すみません。緒世さんはぜんぜん平気なのに」

行為の最中は、緒世のほうが運動量が多かった。

「私などむしろマグロ……」

「いやいや。途中から自分で動いてたぞ」

ニヤッと笑ったが、それは夜羽をからかっているというより、行為中の出来事を反芻しているようだった。

「俺はこれでも鍛《きた》えてるからな。あんたは普段、ほとんど運動しないだろ」

バスルームに行くと、すでに浴槽にはお湯が張ってあった。夜羽を風呂に入れると、緒世は自分も手早く服を脱いだ。

「ケータリングは、配達まで少し時間がかかるそうだから。ゆっくり入ろう」

緒世の家の風呂は広くて、大人二人で入っても大丈夫だ。しかし、大浴場というわけではないから、緒世に背中を抱かれるようにして重なって湯に浸かった。

ちょうどいい湯加減の湯船に肩まで浸かり、自然にふうっとため息が漏れる。すると後ろから、同じように気持ちよさそうなため息が聞こえた。

「それにしても、ヤリまくったな。何回出したのか覚えてないわ」

「こんなにできるものなんですね。私、自分では淡白なほうだと思ってました」

「いやあ。なかなかどうして、エロエロだったぜ。それも恥じらいながらってところが、またよかったな」

「反芻しないでください」

行為を思い出すようにしみじみ言うから、恥ずかしくなる。

「可愛かった」

耳元で囁かれ、首筋に軽くキスをされた。

「……っ」

ぞくりと背筋が震える。全身に甘い快楽の余韻《よいん》が駆け巡った。そんな夜羽の反応を見て、緒世はやわやわと身体をまさぐり始める。

「も、もうできません」

さすがに身体が限界だ。夜羽が慌てて言うと、緒世は喉の奥で笑って夜羽の身体を抱き寄せた。

「わかってる。俺も一滴残らず出したはずなんだが。あんたを見てると、際限なくムラムラする」

ちょうど夜羽の尻のあたりに、緒世の一物が当たっている。それが先ほどより硬くなった気がして、落ち着かなくなった。

こちらがソワソワしているのに気づくと、緒世はわざと身体を密着させてくる。

「可愛いなあ」

「お、緒世さんっ」

からかわれているのだ。振り返って睨むと、軽く唇をついばまれた。甘い微笑みに心を奪われる。

好き、という言葉が漏れそうになって、慌てて呑み込んだ。この関係が一時的なものだということを、ともすれば忘れてしまいそうになる。

いくらモブ田の望むシチュエーションを作り出すためとはいえ、こんなに緒世と親密になっていいのだろうか。

でも、そんな疑問を口にしたが最後、今の甘やかで幸せな時間が消えてしまいそうで、夜羽は気づかないふりをすることにした。

緒世は唇や首筋に何度かキスをしたあと、湯船から出て夜羽の髪を洗ってくれた。

夜羽は浴槽に浸かったまま、頭だけを縁にもたせかけた状態で緒世に頭を預けている。なんだかすごく贅沢だ。

「この髪、わざと伸ばしてるのか？」

「はい。ある程度の長さになったら売るんです」

夜羽の髪は高値で売れた。家計の足しにするために伸ばしていたのだと言うと、緒世は絶句していた。

そこまで貧しいとは思わなかったのだろう。自分の境遇が恥ずかしくなる。

「それもこれも、私が出来損ないだからなんですけどね」

「それは、あんたのせいじゃないだろう」

優しく髪を洗いながら、怒ったような声が言った。

「『召喚士』になるだけの魔力がないなら、他の仕事に就けばいいいんだ。なのにあんたの家族は、その可能性も潰して息子を閉じ込めた。あんたは何も悪くない」

きっぱりと断言する。夜羽も本当はうっすら、そう思っていた。自分は悪くないと。

「召喚士」にばかりこだわって、冷たい仕打ちをする家族が恨めしかった。

でも、恨みや憎しみを抱えたまま生きていくのは辛い。だから、なるべく辛いことは考えないようにしてきたけど、本当は誰かに、お前は悪くないと言ってほしかったのだ。

「ありがとうございます」

迷いのない緒世の言葉が、胸を温かくした。

丁寧に髪を洗ってもらい、ふかふかのバスローブに包まれてリビングへ運ばれると、ほどなくしてケータリングの食事が届いた。

リビングで、映画でも観ながら食べよう、ということになって、緒世が料理をソファテーブルに並べたり、ワインを開けたりしてくれた。夜羽はただソファに座って待っていればよかった。

「すごいご馳走だ。パーティーみたいですね」

料理は少しずついろいろな種類が皿に載っていて、すごくお洒落《しゃれ》だ。

他人と食事をするようになってわかったが、夜羽はどちらかといえば小食らしく、ピザや寿司の出前より、こういうほうがありがたい。この選択は緒世の気遣いだろう。

「パーティーだよ」

緒世はいたずらっぽく言って、片目をつぶってみせる。なんのパーティーですか、と聞くと、ちょっと考えて肩をすくめた。

「なんのだかわからんが、とにかく今は、あんたと祝いたい気分だな」

ワインで乾杯する。緒世が会員登録だけしてほとんど使っていないという、映画配信サービスから夜羽がタイトルを選んで、料理を食べながら観賞した。

映画は、おとぎ話が題材のアニメーションだ。子供向けだけど、大人が観ても面白い。

「絵も綺麗ですねえ。こんな雪景色でソリを滑ってみたいです」

「ソリか。俺は雪遊びより温泉がいいな」

「温泉！　温泉もいいですね。大浴場で殺人事件が起こったりするんですよね」

「それは……どうだろうな」

話はあっちに飛んだりこっちに飛んだり、王家で過ごした時とは違う楽しさがあった。

「ふふ」

料理を食べて、二人でワインを一本空けてほろ酔いになると、無性に楽しくて笑い出したくなった。

「なんだ、もう酔っぱらったのか」

しょうがねえなあ、と言う緒世の声は相変わらず甘く優しい。料理を皿によそってくれたり、グラスが空いたらワインを注いでくれて、合間に冷たい水も飲ませてくれた。

「だって。すごく楽しくて」

ワインをちびちび飲みながら、夜羽は独り言のように言った。

「人間界に来て、緒世さんに出会えてよかった。これまでの人生で、今が一番幸せです」

酔っぱらっていたから、相手が無言になったことに気づかなかった。

楽しいなあ、とつぶやきながら、またワインを飲む。その隣で、緒世は黙ってグラスを置いた。

こちらを見下ろす紫水晶の瞳が熱っぽく、見たこともないくらい切なげだったから、どきりとした。かと思うと、夜羽の肩をそっと抱き寄せる。何も言わないままぎゅっと抱かれて、戸惑った。

「緒世さん？」

「あんたは、もっともっと幸せになるべきだよ。ずっと頑張ってきたんだから、その資格がある。たくさん愛されて、愛されるのが当たり前になって。楽しい人生を送ってほしい」

驚いて見上げると、緒世はハッと我に返ったように目を瞬《しばたた》いた。

「すまん。いきなりだったな。俺も酔ってる」

困ったように笑うのを見て、胸が甘く切なく疼く。

「いいえ、嬉しいです……すごく」

誰かが自分の幸せを願ってくれる。それが好きな相手なら、なおさら嬉しい。

「ありがとうございます」

夜羽が微笑むと、緒世は少し顔を赤らめて、「いや」と視線を外した。

「でも本当に、今でも十分に幸せです。魔界にいた頃は、幸せが何かなんて考えたこともなかった。友達だっていなかったし、こうやって誰かに抱かれることは一生ないと思ってました。あの……すごく気持ちがよかったです」

「……それは、よかった」

緒世がさらに赤くなる。この人でも、こんなふうに照れるのだなと感心して、なんだか緒世が可愛らしく見えた。

「こんなことをしておいてなんですが、緒世さんはずっとお一人なんですか」

「え、俺？」

「はい。流可さんは亜門さんと付き合ってらっしゃいますし。人間界は自由ですから、出会いも多いのではないかと思いまして」

今は恋人はいないと言っていた。でも面倒見もいいし美形だし、すごくモテそうだ。

「出会い、か。なくはない。依頼人から誘われたりもするし。客とどうこうなるつもりはないが、そもそも人間が相手だと寿命が気になるんだよな」

人間は寿命が短い。天使や悪魔はもちろん、仙仙のような中位の魔族でさえ、人間よりずっと長生きする。

人間と交際をしても、あっという間に年老いて死んでしまうのは悲しい。

「人間界には天使や悪魔も混ざってるが、俺も含めてみんな訳ありだ。恋人と逃げてくるケースも少なくないし、とにかく、明るく恋愛って感じにならないんだよな」

「皆さん、ご苦労なさってるんですね」

故郷を離れて異界まで来るくらいだ。それぞれに深い事情があるのだろう。しみじみ言うと、「あんたも相当だけどな」と返された。

「人間界に来た頃は、生活するのに必死だったし、今は仕事が楽しいし忙しい。……っていうのは表向きの理由で、たぶんトラウマになってたんだろうな。自分でも今、気づいたけど」

緒世はそこで、遠い目をした。トラウマなんて、穏やかではない。

聞いてもいいものだろうか、と相手の顔を窺うと、緒世はこちらを向いて苦く微笑んだ。

「天界にいた頃、駆け落ちし損ねてな」

「駆け落ち」

「俺が上級天使だったのは知ってるよな。天界は魔界以上に階級を重視するんだ。上級天使の中にも見えない階級が細かく存在している」

緒世が生まれた家は、その上級でも中の上くらいの階級だったそうだ。

身分を重視する天界では、結婚と出産も厳しく管理されている。恋愛結婚などほとんどなく、婚外子も論外だ。

だから天使たちは、子供が生まれる心配のない同性同士で恋愛することが多いのだとか。ただし恋愛と結婚は別物で、どんなに愛し合っていても同性と添い遂げることなど認められない。

「結婚してから、それぞれに恋人を持つことは珍しくない。俺の両親もそうだった。俺自身も、人に反対されてまで恋愛を貫く必要はないと思っていた」

上級天使として生まれて何不自由なく育った緒世は、自分のいる環境に疑問を抱いたことはなかった。

学生時代も、それから大人になって天界の中枢機関で働くようになってからも、それほど本気ではない恋愛を同性相手に楽しんでいたという。

人を愛することがどういうことか、本当には理解していなかったのだ。のちに緒世は、過去の自分を振り返ってそう思った。

「だが、今になってさらに振り返ると、本当の愛ってなんだよ、とも思うんだけどな」

緒世はそう言って、気恥ずかしそうに笑う。

就職して数年が経ち、そろそろ身を固める頃かと周囲も本人も考え始めた頃、緒世は運命の恋人に出会った。その時は、本当に運命だと思っていた。

相手は、同性の下級天使だったという。

「下級天使ってのは社会の底辺にいる人たちだ。生まれながらに下級っていうハンデを背負っている。よっぽどのことがなければ、這い上がることはできない」

その人は、本来ならば緒世と出会うこともない、下級天使の中のさらに最下層の天使だった。

「平たく言うと、売春宿みたいなところで働いていた。天界にも、そういう場所があるんだ。もちろん違法だけどな」

緒世は当時、天界の治安維持を行う機関にいた。機関の役割はいろいろあるが、公序良俗に反する天使たちを取り締まり、更生させるのが緒世の仕事だった。

「その部署に配属されて、今まで出会うことのなかった下級天使たちとも多く接するようになった。それで、少しずつ天界の仕組みに疑問を持つようになっていったんだ」

それまで緒世の周りには、自分と同じ上級か、せいぜい中級天使しかいなかった。下級天使の存在は知っていたが、知識にすぎない。

彼らが生まれながらに背負わされているハンデがどういうものか、想像さえしなかった。

「表向きはみんな平等ってことになってるから、下級天使も教育は受けられる。でも、たとえ学校の試験で同じ答案があったとしても、上級天使なら百点、下級天使は五十点になる。そういう歪《いびつ》な社会なんだ」

さらに、下級天使は生まれた時から侮蔑《ぶべつ》と偏見の目に晒《さら》されている。下級というだけで蔑《さげす》まれ、どんなにあがいても下層から抜け出せない。自分の努力ではどうにもできず、やがて堕ちていく。

そんな下級天使たちの実情を、緒世は仕事に就いて初めて知ることになる。

「そうやって、天界のシステムに疑問を感じていたし、下級天使たちに同情していた頃だったから、彼に出会った時に余計に衝撃を受けたんだと思う」

緒世は冷静に、自分の過去を分析する。

その青年は、違法風俗店で働いていたところを摘発され、緒世が更生を担当することになった人物だった。それまでも緒世は大勢、下級天使の更生を担当してきたが、彼は更生対象者にありがちな暗さがなかった。

明るくてあっけらかんとしていて、それでいて強《したた》かで、生きる希望を失っていない。なんとかしてのし上がってやろうという気概があった。

美しい容姿と、並みより優秀な頭脳も持っていた。努力も惜しまない。

彼が上級天使だったら、どんな仕事でも選べただろう。せめて中級天使だったら、あるいは下級のままでも、違法な仕事に手を染めていなかったら、まだ這い上がる余地はあったかもしれない。

ごくごく稀《まれ》だが、大変な努力をして下級から中級、中級から上級に出世する天使もいる。

「けどな、一度でも摘発された下級天使は、もう何をやっても階級が上がることはないんだ」

彼は死ぬまで一生、どんなに努力をしても善行を続けても、底辺のままだ。中級や上級天使には、罪を犯しても情状酌量《じょうじょうしゃくりょう》の制度があるというのに。

青年は天界のそうした仕組みを知っていた。知っていてなお、明るさを失わない。そんな青年と接するうちに、同情が愛情に変わっていき、いつしか身体を重ねる関係になっていた。

更生対象者と更生担当者がねんごろになっていたなんて、公になったらもちろん大変なことになる。

いけないことだとわかっていても、彼と離れることは考えられなかった。むしろ一緒に堕ちたいとさえ思っていた。

「しょせんは、苦労知らずのボンボンだったんだよな」

緒世は自嘲《じちょう》する。

初めて本気で誰かを好きになった。もはや愛のない結婚をして、彼を愛人にすることなど考えられなかった。

緒世はどんどんのめりこんでいき、どうすれば彼と添い遂げられるか、道を探り始める。

天界にその道はなかった。人間界に駆け落ちする、という無謀な策を思いついたのは、仕事で人間界に行った友人から、その世界の話を聞いたからだ。

「更生保護官っていう、人間界に行って人間を更生させて、更生ポイントを稼ぐ仕事があるんだ。魔界の堕落ポイントと競ってる。天界の広報みたいなもんだな」

「あ、それなら知ってます。亜門さんが元更生保護官だったそうで」

「そうそう。彼らだけは、人間界への渡航が許されてるんだ。守秘義務があって、天界で人間界の話をしてはいけないことになってるけどな」

しかし、人は得てして親しい相手の前では口が軽くなる。酒が入るとなおさらで、緒世は久しぶりに会った友人から、人間界の実情を聞いた。

噂に聞くよりも、人間界はずっと自由で楽しい場所だという。治安が悪くて地獄みたいな地域もあるが、場所を選べば天界よりずっと楽に過ごせる。

それを聞いた緒世は、これしかないと思った。恋人と二人で、自由な世界へ行く。

違法な渡航になるから、二度と天界に帰ることはできない。仕事もないし金もない。ゼロどころか、マイナスからの出発だ。

しかし、愛する人と二人で生きていけるなら、苦労をしても構わない。苦労をしたこともない緒世はそんなふうに考えた。

人間界に駆け落ちする話をすると、青年も喜んでくれた。そこまで考えてくれていたなんて……と涙して、ひとしきり二人で盛り上がったものだ。

緒世は舞い上がり、密かに人間界への渡航の準備を始めた。

「とまあ、ここまでの話でだいたいわかると思うが、本当に盛り上がっていたのは俺だけ。ぜんぶ俺の独りよがりだったわけだ」

すっかり密航の準備を整えたが、二人で落ち合おうと約束した場所に、青年は現れなかった。

何時間も待ち続け、何かあったのではないかと青年に会いに行ったが、彼は扉を閉ざして応じてくれなかった。

——これ以上、苦労したくない。

諦めきれずに粘って、しかし返ってきたのは、そんな返事だったという。

「駆け落ちなんてしたくないってさ。俺は、愛のない結婚をして、彼を愛人にするなんてとんでもない、と思っていたが、相手にとってはむしろそのほうがよかったんだ」

秘密の関係ではあったが、上級天使である緒世の恋人になってから、青年は物質的に豊かになった。更生期間がこのままつつがなく終われば、たとえ下級天使であっても、緒世と共にいる限り生活は安定する。

むしろ、緒世が結婚して安定した地位についてくれれば、愛人の存在はなんら咎められることはないのだ。月々の手当てだってもらえて、働かなくても生きていけるだろう。実際、そうやって囲われている下級天使もいると聞く。

そんな安定を捨てて新天地に行くなんて、考えられないというのだ。

「相手の本心を聞いてようやく、俺は自分の馬鹿さ加減に気が付いた。そこまでしないと目が覚めなかったんだ」

打算的な相手を恨む気持ちが、なかったわけではない。しかしそれより、自分の愚かさ、独善的な本質に気づいて、愕然《がくぜん》とした。

自分のことを優秀な人間だと思っていた。下級天使の恋人のことを、愛していると言いながら常に上から見ていた。

生まれついての身分よりほかに、自分には何もなかったのに。

それで天界のシステムに疑問を持つなんて、おこがましい。恋を失い、同時に自信も喪失した。足元が崩れたようなショックだった。

緒世はそのまま、準備していた密航ルートを辿って人間界に逃げた。

半ば自棄《やけ》だったが、密航ルートが見つかるのは時間の問題で、どのみち緒世は天界にはいられなかった。

密航準備をしたのは緒世だけだったので、恋人の青年に咎めはなかったようだ。緒世が人間界に出てからしばらくして、彼は別の上級天使の愛人になったという。

それなりに幸せに暮らしていると、青年の行方が気になって調べた先で聞いた。

「あんたの身の上に比べたら、独りよがりのくだらない話なんだけどな」

「そんなことありません」

寂しげに笑う緒世が切なくて、夜羽は必死に否定した。

自分は安穏《あんのん》とした特権階級のまま、恋人を日陰にとどめて、美味しいところだけ味わうことだってできた。

そうしなかったのは、それだけ緒世が、恋人を真剣に愛していたからではないか。

誰だって、大切な人には何不自由なく幸せになってほしい。自分だけ安全地帯にいることをよしとせず、最初は苦労しても一緒に幸せへの道を模索しようとした緒世は、一途で真面目な人だ。

「そんなふうに言われると、気恥ずかしいが」

当人に代わって夜羽が必死に弁明していると、緒世は面映《おもは》ゆそうに微笑んだ。

「考えてみたら、このことをまともに誰かに話したのは、あんたが初めてだ」

仕事仲間の亜門には、簡単にあらましを伝えてある。しかしもとより、亜門が人間界に来たのは緒世が出奔《しゅっぽん》したあとだったから、天界でおおよその話を知っていたようだ。

ただ事実だけを伝えるだけで、亜門にも心の葛藤《かっとう》を話したことはない。

「自分でも過去の自分を馬鹿馬鹿しいと思っていて、恥ずかしくて、あまり人には言えなかったんだな」

「自分の弱い部分は、誰しも見せたくないものですから。話してもらえて、嬉しいです」

聞いたからといって、自分ごときが慰められるものではないけれど、弱い部分を見せてくれたことが嬉しい。

「俺も、聞いてもらえて嬉しい」

ありがとうな、と柔らかな声が言った。きつい目元が和んで、ひどく甘やかになる。

見惚れていると、その顔が近づいてきてキスをされた。

「……っ」

ついばんで、一度離れた唇が再び重なる。二人は無言のまま、しばらくキスを繰り返した。

「おっ、緒世さん。……非常に申し上げにくいんですが、あの、今日はもう……」

腰のあたりをまさぐられていたかと思うと、骨ばった指先がするりとズボンの縁から滑り込んできたので、夜羽は慌てて分厚い胸を押しのけた。

初めてのセックスはすごくよかったし、今も緒世といるとムラムラした気持ちになる。

でも身体はヘロヘロで、もうあの激しい運動には耐えられそうにない。

本当は、体力が続くならもっとしたいのだけど。

「怖がらせたか？　もう今日は挿《い》れない。無茶をしたら、あんたの小さい尻が壊れそうだ。今のはちょっと、イチャイチャしたかっただけ」

「い……イチャイチャ」

「そう。恋人っぽく。今夜くらい、恋人のふりをしても構わないだろ」

そう言って、緒世はいたずらっぽい表情で微笑んだが、その目は声音とは裏腹に熱っぽく、真剣だった。

でも、そうだ。これはただの、仕事の一環なのだった。今の今まで忘れていた。いや、忘れようとしていた。

胸が引き攣《つ》れたように痛くなって、夜羽はそっと心臓を押さえた。

「夜羽？」

心配そうな声に、我に返る。しっかりしろと、自分を叱った。せっかく楽しい時間なのに、悲しいことは考えたくない。

「あ、私……私もぜひ、イチャイチャしたいです」

赤くなりながら言うと、緒世はクスッと笑って夜羽の肩を抱き寄せた。

「了解。今夜はうんと、イチャイチャベタベタしよう」

緒世は言って、それから二人は本当に恋人のような楽しい時間を過ごした。

美味しい料理を食べ、夜遅くまで映画を観ながらお酒を飲んで、同じベッドで眠る。

ベッドではキス以上のことはしなかったけれど、好きな人と寄り添って眠るのは不思議と安心できた。

——ずーっとここにいたいなあ。

仙仙の声を思い出す。夜羽もずっとこのままでいたい。

明け方、夜羽はふと目が覚めた。隣にいる緒世の安らかな寝顔を見て、少し泣いた。

「それでダミアンさんが、よかったらアルバイトをしないかって。ダミアンさんの不動産会社が今、人手不足なんだそうです。クーリンさんの下で、最初は簡単な雑用から覚えていったらどうかって。どうせしばらくは人間界暮らしですし。ここで仕事を覚えるのもいいんじゃないかと」

仙仙が興奮したように話すのを聞きながら、夜羽は目を細めた。

「うん、いいお話じゃないか。お前にやる気があるなら、やってみたらどうだい」

「ありがとうございます。あの、ちゃんとこの家の家事もやりますし、お給料が入ったらお家賃も入れますから」

前のめりに言う仙仙に、食卓の向かいにいた緒世が「家賃なんていらないよ」と、ぞんざいに手を振った。

「夜羽の労働が家賃代わりだ。でかいお屋敷じゃないんだ。家事なら夜羽一人でできるだろ。どうしてもって言うなら、俺じゃなくてお前の主人に家賃を渡せばいい」

な、と同意を求めてきたので、夜羽もうなずいた。

「まだ働く前から、お給料の話もないだろ。家のことは心配しなくていいから、お前のやりたいようにおやりよ」

「ダミアンのところで働いてみてしっくりこなかったら、うちに来てもいい。便利屋は万年、人手不足でな」

「夜羽様。緒世さん。ありがとうございます」

仙仙はぺこっと頭を下げた。その拍子に、煮物の皿に鼻先を突っ込みそうになったので、夜羽が急いで皿をどけてやる。

先週、緒世に抱かれてから、何事もなく穏やかな日々が続いている。

翌日は激しい筋肉痛に襲われ、動きがギクシャクしていたが、それもやがて消えた。緒世は少し仕事が落ち着いて、ここ数日は夜羽たちと一緒に夕飯を食べている。

仙仙は映画観賞会をしてから、一日とあけずに王家の家に通っていた。遊びに行っているのだろうと思っていたが、ダミアンに誘われて短時間のアルバイトのようなことをしていたらしい。今日の帰りがけ、正式に働かないかと打診されたそうだ。

仙仙もずっと窮屈《きゅうくつ》な生活をしていたから、外で働けることが嬉しいようだ。

「じゃ、じゃあ。今、電話で返事をしてきてもいいでしょうか」

食事の途中だが、終わるまで待てないくらい気が急《せ》いているようで、夜羽は笑いながら携帯電話を差し出した。

仙仙はその電話を持っていそいそとリビングへ行き、ダミアンに電話をしていた。

「あいつの携帯も用意しないとな」

ソファで話し込む仙仙の丸っこい頭が揺れるのを眺めながら、緒世がつぶやく。

「あ、いえ。それなら私が」

夜羽が持っている携帯電話も、緒世から支給されたものだ。この上、自分のしもべの分まで払ってもらうのは心苦しい。

「世帯割で通信費が安くなるんだよ。端末は就職祝いだ」

世帯、という言葉にちょっと感動する。こんなことで感動するのは夜羽くらいだろうか。でもこの頃、緒世と夜羽と仙仙と、なんだか家族みたいだと思う。

緒世に抱かれて、彼の過去を聞いて、あれから二人の距離が縮まった。身体を繋げたのはあの日だけだが、緒世が夜羽を見つめる視線は甘く、態度も柔らかく優しいままだ。

緒世のはただの親切で、勘違いしないようにしないと、と自身に言い聞かせてはいるのだが、緒世に優しくされるたびに舞い上がってしまう。

(緒世さんは、まだ恋人のことが忘れられないんだろうか)

あの日、聞きたかったけれど、聞けなかった。それを知ったからといって、どうなるものでもない。

ただ、彼に抱かれてから、「好き」という思いが加速している。

緒世が好きだ。他の人のところに行きたくない。彼のそばにいたい。

同じ気持ちを返してもらえなくてもいいのだ。友達として、王家の人たちのように、この先も緒世の近くにいられたらいいのにと思う。

――たとえ人間になっても。

途方もない我がままだとわかっている。緒世はこれまで、夜羽の任務を遂行させるために尽くしてきたのに、それを裏切ることになる。わかっていて、それでも願うのをやめられない。

耐えるのが当たり前で、何も望まないようにしてきたのに、一度好きな相手に抱かれただけでこんなにも欲深くなるなんて、思ってもみなかった。

「……夜羽様。私に何か、隠し事はありませんか」

仙仙がおもむろに切り出してきたのは、その夜、お風呂から上がって、そろそろ寝ようかと布団に入った時だった。

並べて敷いた布団にそれぞれもぐり込みながら、夜羽は図書館で借りた本を読んでいた。

仙仙はモゾモゾと寝返りを打っていたが、やがて夜羽のほうを向いて口を開いた。

「隠し事？」

ギクリとしたのは、いろいろ思い当たる節があったからだ。

先日、緒世に抱かれた話はまだ、仙仙にはしていない。身内に性体験を話すのが気恥ずかしかったのだ。そのことかな、とまず思ったが、仙仙は先回りするように言った。

「先週、私が王家さんちにお泊まりした時のことは、なんとなくわかっていますす」

「そ、そう……」

付き合いの長い仙仙だから、気づいているだろうとは思っていた。居心地が悪くなって、布団の中で身じろぎする。

「なんていうか、まあ。モブ田様のプレイの一環なんだけども。あとは練習というか」

「名目は存じませんけど。でも帰ってきたら二人ともラブラブ甘々で、見てるこっちが砂を吐きそうな雰囲気だったので、気持ちが通じ合ったのかと思っていました」

「通じ合ってはいないかな……」

夜羽は緒世が好きだけど、緒世は違うだろう。嫌われてはいないし、好意は感じる。でも、同じ気持ちを期待するほど楽天的にはなれない。

「これは、亜門さんが言っていた言葉なんですけど」

仙仙が声のトーンを一段下げる。お泊まりした日、つまり夜羽が緒世に抱かれた日に言っていたのだそうだ。

「緒世さんはすごく慎重な人で、石橋を叩いて叩いて、いつか石橋が経年劣化で自然崩壊するまで叩き続けるって」

「それは慎重と言うのかな」

亜門が暗に、緒世は臆病だと言っている気がした。同時にあの日、緒世から聞かされた過去を思い出す。

恋人に裏切られた過去があるから、臆病なくらい慎重になったのかもしれない。

「そんな緒世さんが、夜羽様にはこれだけ思いきったことをするのだから、よっぽど思い入れがあるんだろうと」

亜門さんが言っていました、と仙仙は続ける。それは、仙仙の意見でもあるのだろう。

夜羽は静かにかぶりを振った。

「緒世さんのは、思い入れなんかじゃないよ。ただ親切なだけで」

「まあ、本人の気持ちは本人に聞かなければわかりませんけど」

仙仙はあっさりうなずいた。

「それはそれとして。私が言いたかったのは、別のことです。いえ、大元は同じかもしれませんけど。夜羽様、何か悩まれているんじゃないですか。これからの身の振り方とか」

夜羽は家族同然のしもべの顔を、まじまじと見つめた。

「すごいね、仙仙。どうしてわかったんだい」

感心して言うと、仙仙は布団の中でちょっと得意げに胸をそらせた。

「私は夜羽様のしもべですからね」

それで、と真っ黒いつぶらな瞳が夜羽を見つめる。

「夜羽様は迷っておられるのですね。モブ田様の願いを叶えるべきかどうか」

そのとおりだった。いや、夜羽は出来損ないとはいえ召喚されたのだから、願いを叶えるべきで、迷わずそうしなければならないのだろう。

「緒世さんだって、そのためにいろいろ手伝ってくれていたし」

「夜羽様は、どうしたいのです？」

モゴモゴと布団の中で答える夜羽に、仙仙は穏やかに問いかけてくる。

どうしたいのか。本当の願いは、なるべく頭に思い浮かべないようにしていた。でも、誤魔化せないくらい、気持ちが大きくなっている。

「夜羽様。先に私の願いを言ってしまいますけど。私はここに残りたいです。魔界に帰りたくありません」

きっぱりと言うのに、夜羽は驚いた。仙仙はいつだって、夜羽に付いてきてくれた。夜羽より先に自分のしたいことを言うことなんてなかった。

「仙仙……」

煮えきらない自分のために、仙仙はあえて断言してくれたのだ。夜羽は気づいた。

「私も、帰りたくない。ここにいたいよ。……人間になってもいいから」

口にしたら、もう我慢できなかった。

モブ田の願いを叶えて、好きでもない相手と連れ添って。何十年かしたらまた、魔界に戻る。あの狭いプレハブ小屋に閉じ込められて、一生を過ごすのだ。

楽しい生活を知る前なら、なんとか耐えられたかもしれない。夜羽は知ってしまった。でももう無理だ。好きな人、気の置けない人々と過ごす時間がどれだけ楽しいか、夜羽は知ってしまった。

悪魔の寿命は長い。不自由な魔界で過ごす時間は、永遠に等しい。

それならいっそ、人間になりたい。緒世や仙仙たちより短命だけど、それでもあと何十年かは一緒にいられる。

「それならもう、迷うことなんてないじゃないですか」

仙仙が優しく言う。黒いモフッとした手が伸びて、夜羽の手を握った。

「二人で残りましょう。それに、ここでは二人きりじゃないです。頼りになる緒世さんや、王家の皆さんもいます。たとえ二人きりだって、魔界で暮らすよりずっとましなはずですよ」

「仙仙。……そうだね、ありがとう」

心から感謝した。仙仙にも緒世にも、それから王家の人々にも。

自分の中に生まれた望みを抑え込むべきだと思っていたけれど、正直になってもいいのだ。夜羽らしく生きてもいい。

迷いが晴れ、進むべき道が決まって、その夜の夜羽は、生まれて初めてというくらい清々《すがすが》しい気持ちで眠りについた。

「緒世さんに、折り入ってご相談したいことがあります」

翌日、仕事から帰った緒世を、夜羽は玄関先で三つ指をついて迎えた。

「お、おう。なんだ、仰々《ぎょうぎょう》しいな」

「お疲れのところ、申し訳ありません。今日でなくてもいいのですが、どこかでお時間をいただけないでしょうか」

今朝はあえて、仕事に出かける緒世を黙って見送った。折り入って相談したいことがある、などと言ったら、忙しいのに無理をしてでも早く帰ってきそうだ。

夜羽の進む道は決まったけれど、できるだけ緒世を煩わせたくなかった。そうでなくても、これから盛大に迷惑をかけることになるのだ。

「改まって言われると怖いな。仙仙は？」

「王家さんちに行って、そのまま泊まると連絡がありました」

昨日の夜、二人で出した結論を、仙仙は王家に伝えに行った。王家の人たちは、夜羽と仙仙を応援すると言ってくれたそうで、流可たちにも後日改めて、夜羽から話をしに行かねばなるまい。

しかしまずは、緒世と話をしなければならなかった。

「食事のあとで聞いてもいいか。腹が減って死にそうなんだ」

「はい。ありがとうございます」

食事の支度はすでに整えてある。二人で食卓を囲み、後片付けを済ませると、二人分のお茶を淹れた。

その間も、緒世は少し心配そうだった。なんの話かわからないのだから、無理もない。申し訳なさでいっぱいになり、夜羽は席に着くとまず、ダイニングテーブルに額がぶつかるくらい、深々と頭を下げた。

「緒世さん。改めまして、今まで本当にお世話になりました。緒世さんに出会わなければ、私と仙仙は路頭に迷っていたところでした。ありがとうございます」

顔を上げると、緒世は絶句していた。夜羽と目が合うと視線を彷徨わせ、狼狽《ろうばい》しているようにも見える。

「……ここを、出て行くのか？」

へしゃげた声で、ようやく言ったのはそんな言葉だった。夜羽は慌てて首を横に振った。

「そうではないのです。あの、緒世さんのご迷惑になっているようでしたら、なるべく早く出て行きますが。そうでなければ……」

「なんだ――ビビッた」

大きなため息と共に、緒世はテーブルに突っ伏した。

「お、緒世さん？」

「お世話になりました、なんて言うから。俺、なんかやっちまったのかと思って」

それはつまり、夜羽に出て行ってほしくないということだ。嬉しかった。

「すみません、紛らわしかったですね。でも、まずはお世話になったお礼を言っておきたくて。本当によくしていただきましたから」

「別れの挨拶みたいで怖いから、それはもういいよ。で、話ってなんだ」

まだ安心していいのか判断が付きかねているようで、話の先を急がせる。夜羽はひと呼吸おいたあとにもう一度、今度は勢いよく頭を下げた。額がテーブルにぶつかって、ゴッ、と鈍い音を立てる。

「大変申し訳ありませんっ」

「なんだ。今度はなんだ」

「私、そんな緒世さんの、今までのご厚意、ご尽力、すべてを無に帰することをこれからしようと思っております！」

恩知らずで厚かましい。自分が情けない。申し訳なくて、何度も頭を下げる。そのたびに、ゴッ、ゴッ、と額が音を立てた。

「おい、もういいから。とにかく頭を上げろ。なんだかわからんが、ソファに移動するぞ」

このままでは、夜羽の額がかち割れる。緒世はそう言って、二人はリビングに移動した。

「すみません。感情が昂ぶってしまって」

お茶を飲むと、少し気持ちが落ち着いた。すぐ隣に、緒世の温もりがある。前はドキドキしていたのに、今はホッとする。

「前置きはいいから、話を聞かせてくれ。あんたはいったい何をしようとしてるんだ」

緒世は言ったが、話を急かす口調ではなかった。隣を見ると、紫の瞳が優しく促す。

大丈夫。夜羽は自分に言い聞かせた。この人は、夜羽が何をしたいのか、どうしたいのかをきちんと聞いてくれる。世話をしてやったのに、と憤るような、器の小さな男ではないのだ。

覚悟を決めて、夜羽は口を開いた。

「私、モブ田様の願いを叶えるのをやめたいのです」

「やめるって。けど、それじゃあ」

「はい。契約不履行で、私は自動的に人間になります」

悪魔の巻き角も、異界を渡る力も失う。寿命も人間並みになる。

「そうならないために、緒世さんはいろいろと尽くしてくださったのに。ご厚意を無駄にして申し訳ないです」

「俺のことはどうでもいい。あんたは、それでいいのか」

「はい。仙仙とも話したんです。実家に帰っても、いいことなどありません。それなら人間になって、ここで暮らしたほうが幸せです」

「それはそうかもしれないが。いや、もっとよく考えないか。『召喚士』の仕事を終えても、魔界に帰らずに済む方法を探すとか」

そんな方法があるなんて、聞いたことがない。それより夜羽はもう、今回の契約をまっとうする気持ちがないのだ。

そのことは、緒世には告げないでおこうと思っていた。夜羽の想いなど知らされても、彼には重荷になるだけだ。

けれど、目の前の緒世は真剣に夜羽を案じてくれている。きちんと何もかも話さなければ、納得しないだろう。

「ずっと――自分に『召喚士』としての魔力が備わっていないとわかった時からずっと、我慢するしかないと思ってたんです。どんなに苦しくても、意にそぐわないことでも。

黙って耐える以外に方法はないって」

　他に選択肢がなかった。夜羽にはいつも、真っ暗な一本道しか与えられていなかった。

「それが図らずも人間界に召喚されて。ここで暮らすうちに、人生の楽しさを知りました。人を好きになる喜びも」

　夜羽は真っすぐに、緒世を見た。こちらを見つめ返す瞳が、夜羽の真剣さに呑まれたように、わずかに揺れる。

「あなたに恋をして、たとえ片想いでも、そばにいられるだけでも、こんなに幸せなんだとわかったんです。もう、何も知らない頃には戻れません。仕事のために、好きな人以外の誰かと添い遂げることはできないんです」

「……俺？」

　呆然とした声に、ツキンと胸が痛んだ。困惑するのも当然だ。でも表には出さず、冷静に「はい」とうなずいた。

「あの、緒世さんに気持ちを返してほしいなんて、おこがましいことは考えていません。ただ私は自分の気持ちに素直になって、自由に生きたいんです。それだけなんです」

　どうか重荷に思わないでほしい。このままそばにいさせてほしい。

　伝えたかったけれど、どう言えばいいのかわからなくなった。

　言葉を探しあぐねてパクパクと口を開ける夜羽に、緒世は「うん」と優しくうなずく。

さらりと夜羽の髪を撫でた。

「大丈夫。あんたの言いたいことはわかるよ。おこがましいなんて言わなくていい。俺は、あんたの気持ちが嬉しい」

その言葉を聞いた途端、思わず涙がこぼれてしまった。すみません、と謝って慌てて目を擦る。

緒世はそんな夜羽をやんわりと制し、かわりに涙をぬぐってくれた。

「あのな。実は俺も、あんたのことが好きなんだ」

「へ」

驚いて口を開けると、緒世はくすっとおかしそうに笑う。

「あんたはモブ田さんに嫁ぐ身で、俺が茶々を入れたらあんたは魔界に戻れなくなっちまう。だから告げるつもりはなかった」

「……うそ」

信じられなかった。そんな夢みたいな話が、本当にあるのだろうか。

「嘘じゃない。最初に見た時は、綺麗な悪魔だなって思っただけだったが。いや、見惚れた時点で、もう惹《ひ》かれてたのかもしれないな」

照れ臭そうに、緒世が微笑む。

「綺麗なのに中身は可愛くて、ボケボケで、ちょっとオバサンぽくて」

「それ、褒めてます？」

オバさんぽいとはひどい。夜羽のツッコミに、緒世は本当に楽しそうに笑った。

「褒めてる。だって俺は、そういうとこにも惹かれてたんだから。強引に自分ちに住まわせて、でも本当の気持ちにはあえて蓋《ふた》をしていた」

どんなに惹かれていたって、夜羽はモブ田に嫁いでしまう。

「けど、据え膳されて、我慢できなくなってあんたを抱いた」

そうしたらもう、自分の気持ちを誤魔化すことはできなくなった。

「夜羽が好きだ。絶対に言葉にできないと思ってたのに、告白できて嬉しい」

緒世が、彼も、自分を好きでいてくれている。嘘ではない。この人は、こんなことで嘘をついたりしない。

「それではあの……もしかして私たち、相思相愛なんでしょうか」

「ああ、そうだな。相思相愛だ」

緒世は嬉しそうに答えて、まだ口を開けている夜羽に軽くキスをした。

その時ようやく、夜羽の脳みそは現状を理解したらしい。ぶわぶわっと、先ほどよりも盛大に涙がこぼれた。

「ほっ、本当ですかっ。本当にっ？　冗談とか、ドッキリとか、あと夢だったりしたら、私は……」

ひぐっ、ひぐっと、しゃべるたびに変な音が喉から漏れる。鼻水も出てきて、緒世は
「しょうがねえなあ」と苦笑しながらティッシュの箱を持ってきてくれた。

「あんたはやろうと思えば、その美貌でなんでも手に入るのに。それくらい綺麗なんだよ。最初に気絶してるのを見た時は、高飛車そうな悪魔だと思ったんだ。けど違った。妙に低姿勢で、抜けたところがある」

「ずびません……」

謝りながら、もらったティッシュでチーン、と洟《はな》をかんだ。せっかく相思相愛の告白シーンなのに、自分がこんなだからちっともロマンチックにならない。

「一生懸命で生真面目で、ド天然で。あとオタクだし」

途中までは褒められていた気がするが、後半はよくわからない。

「オタク？」

「なんだっけ、俺のことをナイト様だとか言ってただろう」

言われて思い出した。そうだった。最初はゲームの推しキャラに似ていて惹かれたのだ。

「あ、あれは、きっかけで。確かに緒世さんの容姿は最初から、超絶好みでしたけど」

出会った時はもっと、ぶっきらぼうで素っ気なかった。緒世が夜羽のことを、高飛車な悪魔貴族だと思っていたからだろう。

なのに、困っている夜羽たちをここに住まわせて、面倒を見てくれた。

「緒世さんはナイト様より優しくて……。いえ、もう推しキャラのことは忘れていました。そういうのに関係なく、緒世さんが好きなんです」

胸にある想いを、懸命に伝えた。

「できればこのまま、緒世さんのおそばにいさせてもらえないでしょうか」

緒世は小さくうなずいて、夜羽を両腕でしっかりと抱きしめた。

「できればなんて言わずに、ずっと俺のそばにいてくれ。俺には夜羽が必要なんだ」

真剣な声音と共に、熱い吐息が耳にかかる。

「もう誰も愛せないと思ってた。ここの暮らしはそれなりに楽しいが、心は枯れっぱなしだったんだ」

だから仕事ばかりしていた。困っている人を助け、それで報酬がもらえる仕事は、緒世の渇いた心をほんの少し癒《いや》してくれるから。

「あんたが来てから楽しかった。いつか他の男のところに行くんだってことを、思い出すたびに苦しくなった。人間になるなんて大変な決断なのに、俺はこんなに喜んでる」

すまない、と苦しそうな声がした。腕の中で、夜羽は小さくかぶりを振る。

「どうして緒世さんが謝るんです。私が決めたことです。緒世さんに気持ちを返してもらえると思わなかったから、嬉しい」

言うと、腕に力が込められた。夜羽も緒世を抱きしめる。

「俺もだ。あんたが、そんな大胆な決断をするなんて思わなかったから。これからも、一緒に暮らしてほしい」

「はい。できれば、私が死ぬまでそばにいさせてください」

どうしたって、夜羽のほうがずっと早くに老いて死んでしまう。天使の寿命で考えれば、一緒にいられる時間は少ないけれど。

そのことを考えて、幸せに満たされた夜羽の胸がわずかに痛んだ。寿命が短くなることではなく、緒世を置いて先に逝《い》くことが悲しい。自分がいなくなったあとも、彼は長い時間を過ごさなくてはならない。

緒世も同じことを考えていたのだろう。抱きしめる腕が一瞬、震えていた。

「……ああ。ずっと一緒にいよう」

不安を数え上げればきりがない。未来に何があるのかなんて、まだわからない。ただ今は、想いが通じ合ったことを素直に喜びたい。

うまくいけばあと半世紀以上は、一緒に過ごせるのだ。

「事務所ももうちょっと、人を増やそうかな。そうすれば、俺ももっと休める」

軽い声のトーンで、緒世が言う。

「プライベートなんてどうでもいいと思っていたから、休みなんていらなかった」

でも、これからは違う。緒世の楽しそうな声に、夜羽もわくわくしてきた。

「旅をしてみたいです。近場でもいいから」

「いいね。でもその前に、デートだな」

二人でやることが、たくさんある。

あれこれアイデアを出し合って、語り尽くすと今度は寝室に移り、長い時間をかけて睦《むっ》み合った。

夜明け前、二人は幸福と快感の余韻に浸りながら眠った。

五

「それでは、仙仙さんの正社員昇進を祝しまして、乾杯！」

クーリンの乾杯の音頭《おんど》に合わせて、みんながめいめいのグラスをかかげた。テーブルの中心にいる仙仙は、照れ臭そうな顔をしている。

夜羽が人間界に来てから、早くも四か月が過ぎていた。

緒世と心を通じ合わせてから三か月。同じ時期にダミアンの不動産会社で働き始めた仙仙は、三か月のアルバイト期間を経て社員に登用されることになった。

今日は王家主催で、仙仙のお祝いパーティーが開かれていた。

これとは別に、緒世と夜羽と仙仙とでお祝いもしていて、その時は近所で美味しいと有名なレストランに行った。

家族三人でも、友達と大勢でも、どっちも楽しい。

そう、夜羽たちは家族だ。緒世と気持ちを通じ合わせたあと、仙仙に報告した。

――よかった。本当によかった。夜羽様もようやく幸せになれるんですね。

涙ぐむ仙仙に、まるで娘を嫁にやる親のようだと緒世は言ったが、まさにそんな心境だったのだろう。

といっても、夜羽はどこに行くわけでもなく、今も三人で、緒世のマンションに暮らしている。

王家にも、仙仙のことでお礼に行った際、緒世と結ばれたことや、夜羽の決断を打ち明けた。彼らは夜羽の決意を受け止めて、困ったことがあればいつでも力になると言ってくれた。

「それで、モブ田さんとはきちんと話がついたの？」

乾杯のあと、ヴィクターの料理を食べながら自然と席の近い者同士で雑談が始まった。

流可と妖精たちが魔界時代の話に花を咲かせる隣で、亜門が夜羽と緒世に尋ねてきた。

亜門は緒世以上に忙しいようで、夜羽がたびたび王家を訪ねても、彼と顔を合わせる機会は少ない。

ただ、緒世は仕事で頻繁《ひんぱん》に顔を合わせるらしく、夜羽と緒世の関係も、かなり早い段階で知っていた。

「ああ。この間、ようやく連絡がついた」

緒世がワインを飲みながら、微妙な顔をした。

夜羽が契約を放棄するという決断は、何をおいてもまず、契約者のモブ田と話し合わなければならなかった。

「召喚士」が自分から契約を放棄するなんて、普通ではあり得ないことだ。

ふざけるな契約違反だと、訴えられてもおかしくはない。ドキドキしながらモブ田の留学先にメールや電話をしたのだが、なかなか連絡が取れなかった。

この三か月近く、やきもきしていて、先週ようやく話ができた。

――え、契約？　え～～あっ、はい。そういえば、そんな話してましたっけ。

なんとモブ田は、己の魂をかけて悪魔と契約したことを失念していた。

いやいや、忘れてませんて、覚えてますよ……と、インターネット通話でのカメラ越しに笑っていたが、あれは絶対に忘れていた。

けれどそのおかげか、夜羽が恐る恐る契約を解除したい旨を打ち明けると、二つ返事で承諾してくれたのだ。

――いやあ、だって。よく考えたら、自分の魂かけるんでしょ？　ドＳ女王様のために。それってどうなのかなって思って。

ものすごく今さらだが、こちらとしては助かった。

――それに、夜羽さんを引き受けたりしたら、俺のスイートハートが黙っちゃいませんし。

へへっ、と照れ臭そうに人差し指で鼻の下を擦るモブ田に、夜羽と緒世は「は？」と、揃って声を上げてしまった。

モブ田は留学先で、ちゃっかりパートナーを見つけていた。同じアジア系の顔立ちをした、ヒョロガリのモブ田とは対照的にかなりぽっちゃり体型の、年上の女性である。

通話をするモブ田の隣にいて、紹介してもらった。

――マイスイートハートです。彼女と結婚するんで、家は捨てます。言っちゃなんだけど、夜羽さんより美人でしょ？　どうせ魂をかけるなら、彼女のためにかけたいっていうか～。

――やっだもう～、ダーリン（はあと）。

というような、うすら寒い会話が延々とネットの向こうで続き、緒世と夜羽は挨拶もそこそこに通話を切ったのだった。

これにて一件落着。

「そうか。これで夜羽君が魔界に帰りたがっていたら、ゾッとしない状況だけど。結果オーライってところかな」

話を聞いた亜門は苦笑した。本当にそのとおりだ。

夜羽が頑張ってドS女王様の資質を開花させ、渡英したとしても、モブ田に拒否されていたのだから。

しかし振り返ってみれば、モブ田がアホな望みを口にしてくれたおかげで、夜羽はすぐに人間にならずに済んだ。召喚されたその場で人間になっていたら、今とは違った運命をたどっていただろう。

それに、緒世の便利屋に依頼をしてくれたから、こうして二人は出会えたのだ。夜羽はモブ田に恩義を感じていた。

「亜門さんや王家の皆さんにも、本当にお世話になりっぱなしで」

人間界に来てから、いろいろな人に返しきれないほどの恩を受けた。あと何十年かの人生で返しきれるとは思えないけれど、できることをしていきたい。

「俺は何も。流可もダミアンたちも、誰かの役に立てるのが嬉しいから、世話だなんて思ってないしね。それより、緒世の数少ない友人として礼を言いたい。緒世を好きになってくれてありがとう。彼をよろしくね」

王子のような爽《さわ》やかな微笑みに、緒世は「数少ないは余計だ」とぼやく。でも、その頬にほんのり赤みが差していた。

「こいつとは、俺が人間界に来てからの付き合いだけど。もうずっと、死んだ魚みたいな目をして仕事ばっかりしてたからね。けど、夜羽君が来てから楽しそうでさ。一人の時は、仕事帰りは飲み歩いてたのに、今はすぐ帰っちゃうし。夜羽の飯が美味いだの、生活に潤いがあるだの、隙あらば惚《のろ》気《け》られて……」

「おい」

照れて焦る緒世はなかなか珍しく、夜羽もくすぐったい気持ちで二人のやり取りを眺めていた。

「まあとにかく、ハッピーエンドでよかった」

亜門が綺麗にまとめて、緒世も「そうだな」とうなずく。けれど一瞬、本当にほんの束の間だけ、緒世の瞳に影が差すのが見えた。

(……まただ)

ハッとして、でも気づかないふりをする。

これにて一件落着、めでたしめでたし……のはずなのに、緒世はここ最近、何かに悩んでいる気がする。

普段どおりに振る舞っているが、ふとした拍子に今しがた見せたような、深刻な顔をすることがあるのだ。

夜羽ははじめ、自分が何かしてしまったのだろうかと考えたが、そういうわけでもないようだった。

緒世は遠くを見つめて考え込んでいたかと思うと、夜羽に抱きついてひどく甘えたりする。何かあったのかと尋ねても、何もないとはぐらかすばかりだ。

今もまた、聞いても答えないだろう。心配になって緒世の横顔を見つめていると、緒世を挟んで座っていた亜門と目が合った。彼は、緒世を見る夜羽を見つめていたらしい。

ニッコリと微笑まれ、夜羽もへらっと笑い返した。

「おいこら、俺の恋人を見つめるな。減る」

途端に、緒世が冗談半分で亜門を睨みつける。

「おー、嫉妬深いねえ」

二人はまたじゃれ合いを始めて、緒世がそれきり暗い顔をすることはなかった。

夕方の早い時間から始まったパーティーはその後、夜まで続き、夜羽たちはそのまま王家に泊めてもらうことになった。

「何から何まですみません」

ヴィクターが客室に布団を敷いてくれるのを手伝いながら、夜羽は頭を下げた。

仙仙は珍しくお酒を飲んで潰れてしまい、同じく酔って寝てしまった流可やクリーンと共に、すでに別室に運ばれている。

一階のリビングに近いこの客室には、緒世と夜羽の分の寝具が敷かれたのだが、酒に強い緒世はまだまだ、亜門と飲み続けそうだ。家では晩酌程度だから、たまには思いきり飲みたいのだろう。

「いえいえ。私も流可様たちも、みんな喜んでるんです。今までお友達といったら、亜門さんの仕事仲間の緒世さんだけでしたから。こうしてお友達を招いてパーティーをするのが、我々の夢だったんですよ」

これからも一緒に遊んでくださいね、とヴィクターにおっとり言われて、夜羽もぜひ、とうなずいた。

「お花見とか、お月見とか、あとクリスマスもやりたいですねえ」

いつの間にか夜羽たちの間に現れていたダミアンが、毛づくろいをしながらそんなことを言う。家族や友達と一緒なら、たくさん楽しいイベントができるのだ。

幸せな気持ちのまま、お風呂を借りて客室の布団にもぐり込んだ。

一人きりで眠りに落ちるのは久しぶりだ。

最近、夜羽は緒世の寝室で寝るようになった。

結ばれてからも、しばらくは自分の部屋で寝ていたのだが、いつの間にか緒世が布団にもぐり込んでくるようになった。

おやすみなさいと別々に寝て、朝になると、緒世に背中を抱かれていたりする。

「一人寝が寂しいんじゃないですか」と仙仙に言われ、「というか、緒世さんが拗《す》ねるので、さっさと寝室を移ってください」と尻を叩かれて、照れながらも部屋を移った。

恋人と同じ布団で眠って、セックスもするけれど、緒世はくっついて寝るのが好きみたいだ。夜羽も、最初こそドキドキして落ち着かなかったが、そのうち相手の体温を感じながら寝るのが当たり前になった。

だから今夜は、ちょっと何かが足りない気がする。

一人寝の感覚に少しの間、寝返りを打っていたが、すぐに酒の酔いも手伝って、すうっと気持ちのいい眠りに包まれた。

しばらくして、ぱかっと唐突に目が覚める。まだ窓の外は暗かった。

二つ並べられた布団に、緒世の姿はない。

（別の部屋で寝てるのかな）

時計を見ると、眠ってから二時間ほどしか経っていなかった。喉が渇いたのとトイレに行きたくなって、そっと部屋を出る。

パーティーはお開きになったのか、リビングの明かりは消えていた。

トイレに行ってから、水をもらおうと、キッチンへ行く。水を飲んでいると、どこからか声が聞こえた。

「……彼には伝えたのか」

亜門の声だ。続いて、「まだだ」と緒世の声がした。

キッチンカウンターから首を伸ばすと、庭に面したリビングのサッシが開いていた。

夜羽が寝る前も、二人は庭に出て、テラスのテーブルで優雅に酒盛りをしていた。まだ飲んでいたのだ。

二人ともお酒に強いなあ、と感心しつつ、水か何か持って行ってあげようか、それとも邪魔をせずに去るべきか考えていた。

「伝えていないってことは、迷ってるんだろ」

「でも、他に方法がない」

なんの話だろう。しかし、二人の声音は深刻だった。これは、聞いてはいけない話のような気がする。

「この三か月、あらゆる手を尽くして調べたんだ。方法は一つしかない」

「にしてもだ。今回は見送るべきじゃないのか。夜羽君だって、こんなに早く離れ離れになったら、心細いだろう」

自分の名前が出てきて、思わず息を詰め、カウンターの内側にしゃがみこんだ。

(離れ離れって、どういうこと……)

緒世が夜羽のそばからいなくなるということだろうか。でも、なぜ？

「見送ったら、次にあっちに行けるのは二十年後だぞ。戻るのにさらに数年かかる」

「闇ルートなら、毎年行けるんだが」

「密航は危険だろ。それこそ、向こうで捕まって帰れなくなったら、元も子もない」

「……そうだな」

亜門が深いため息をつく。

「このままじゃ、ダメなのか」

「夜羽は覚悟を決めてる。あいつは天然そうで、芯はしっかりしてるからな。けど、俺がだめだ。俺が耐えられない」

思い詰めた声に、夜羽は駆け寄って抱きしめたくなった。緒世が苦しんでいる。

「十年や二十年ならまだ、耐えられるさ。けど、あいつがいなくなった世界で、何百年も一人で生き続けるのは無理だ。考えただけで気がおかしくなる」

くぐもった声を聞きながら、夜羽は緒世の苦しみをようやく理解した。同時に、このところ緒世が見せていた暗い表情の正体を知る。

思いが通じ合って、幸せな三か月だった。蜜月、というにはちょっと、緒世の仕事が忙しかったのだが、それも従業員を増やしたので、この頃は帰宅時間も早くなった。

休みの日にはデートもした。外の世界を知ることがなかった夜羽のために、緒世はいろいろ楽しいものを見せてくれて、美味しいものも食べさせてくれた。

でも彼は、ずっと悩んでいたのだ。夜羽が人間になり、恋人同士が異なる時間軸を生きることに。

夜羽はそれ以上は聞いていられず、そっとその場から立ち去った。

客室の布団にもぐり込むと、涙が溢れた。自分の存在が、緒世を苦しめている。

(ごめんなさい)

でも、緒世と離れたくない。緒世だってそんなことを望んではいない。では彼は、何をしようとしているのだろう。

涙が乾いてからも頭が冴えて眠れず、頭から布団をかぶってじっとしていると、しばらくして誰かが部屋に入ってくる気配がした。

「……布団かぶって、苦しくないのか？」

布団の端に立った緒世が、小さな声でからかうように言った。眠っていないことがバレたのかと思ったが、独り言だったようだ。

やがて、隣の布団にそっと滑り込んでくる。そうして、頭からかぶった布団ごと、唐突に夜羽を抱きしめてきた。思いがけない動作に、思わずビクッと身を震わせる。

「夜羽？　起きてるのか」

おずおずと布団から顔を出す。暗闇で、相手の顔はよく見えなかった。

「悪い。起こしたか」

起きていたとも言えず、いえ……と、モゴモゴ口の中で言い訳をする。表情は見えないはずなのに、緒世が真剣な顔をしたのがわかった。

「夜羽。もしかして、泣いてたのか？」

彼もまた、どうしてか夜羽の状態を理解する。誤魔化そうとしたが、「こっち向いて」となだめるように言われた。

夜羽は殻のように包まっていた布団から出ると、緒世がめくる布団の中にもぐり込んだ。互いをぎゅっと抱きしめ合う。ホッとして、また少し涙が出てしまった。

「どうした。怖い夢でも見たか」

背中をポンポンと叩かれて、小さくかぶりを振った。もう黙っていることはできなくて、さっき立ち聞きしたことを打ち明けた。

「ごめんなさい」

「あんたが謝ることはない。謝らなきゃいけないのは、俺のほうだ。意気地がなかった。あんたに相談する勇気が持てなかったんだ」

ごめん、と真剣な声が囁く。緒世が何をしようとしているのかわかる。

彼も人間になろうとしているのだ。夜羽と同じ時間軸を生きたいと願っている。

その気持ちは、痛いほど理解できた。

夜羽がいなくなったあとも、長い月日を生き続けるのが耐えられない。そんなふうに緒世は言っていた。

一人先に老いて死ぬ夜羽も、苦しかった。緒世を残していくことを考えると、それだけで胸が引き絞られるように痛む。

心を通じ合わせて幸せなのに、その事実だけが一点、ぽつりと染みを落としている。

同じ時間を生きられるなら、こんなに嬉しいことはない。でも本当に可能なのだろうか。

「教えてください。あなたが何をするつもりなのか。置いてけぼりなんて嫌です」

夜羽は緒世の恋人なのだ。死ぬまで一緒にと誓い合った伴侶だ。一人で背負わないでほしい。迷ったら相談してほしい。

訴える夜羽に、緒世は「すまない」と苦く囁いて抱きしめる腕の力を強めた。

「この三か月、情報を集めていた」

人間になるための情報だ。そんな方法があるとは、緒世も聞いたことがなかった。

しかし、以前に聞いたある話を頼りに、天使や悪魔の情報をたどっていった。

「仙仙が言ってただろう。俺に、『召喚士』の資質があるって」

言われて、そういえばと夜羽も思い出す。

緒世から王家の人たちを紹介され、夕食をご馳走になった時だ。

仙仙が、緒世から「召喚士」の気配を感じると言っていたのだ。悪魔と天使は元は同じ種族で、天使の中に「召喚士」の資質を備えた者がいてもおかしくはない、というような話をしていた。

そこまで聞いて、夜羽はハッと顔を上げた。緒世が静かに首肯する。

「俺が魔界に行って、悪魔になるんだ」

緒世が調べたところ、天使が魔界へ行くルートがあるのだという。

本来、魔族以外が魔界へ行くことは難しいが、天界からの亡命者を受け入れるため、二十年に一度、魔界の入口まで定期便が出ている。

天界と反目する魔界にとって、天使が離反して魔界の味方に付くことは、歓迎すべきことだからだ。

魔界の入口で難民申請をし、申請が通れば晴れて魔界の住人になれる。

入国できても、最初のわずかな期間、収容所で衣食住の世話があるだけだ。それが終わればあとは、右も左もわからない魔界に放り出されてしまう。

「まあ、なんとかなるだろ。新天地に行くのは二度目だし」

緒世は笑う。魔界に渡った緒世は、「召喚士」の適性試験を受けるつもりなのだ。

仙仙が言うのだから、緒世には「召喚士」としての適性があるのだろう。理屈はわかるが、夜羽は心配だった。

適性試験に受かっても、何か後ろ盾ができるわけでも、手当てが出るわけでもない。生活は保証されない。緒世は二度目だと言うが、見知らぬ土地で生きていくのは簡単なことではないはずだ。

それでも、他に方法がない。緒世はこの方法に賭けるつもりなのだ。

「試験に受かれば、俺の魔法陣がもらえる。それを使って、あんたに俺を召喚してもらう」

夜羽が緒世に望みを伝えて契約し、それをわざと不履行にすれば、緒世も人間になれる。夜羽が人間になったのと、同じ道をたどるというわけだ。

「魔界で官報に載っている魔法陣を調べて、あんたに伝える役目は、人間界に仕事で来てる悪魔貴族に、渡りをつけておいた」

魔法陣の情報を人間に渡すことは、魔界で推奨されていることだから、何も問題はない。

たとえ、最初から契約を不履行にするつもりで悪魔を呼び出すのだとしても、だ。

「過去にそんなことをした奴がいないから、今のところ魔界の法律でも禁止されていない。これが表沙汰になれば、いろいろ問題になるんだろうけどな」

現在のところは、グレーゾーンというわけだ。

緒世の計画には矛盾がないように思える。しかし、計画のどこか一つでも綻《ほころ》べば、緒世はもう夜羽のもとには戻ってこられないのだ。

「亡命者が魔界へ渡れるのは、いつなんですか」

亜門と、さっき話していた。これを逃せば次は、二十年後になると。

夜羽が尋ねると、緒世は少しためらってから、口を開いた。

「二か月後。ちょうど、あんたが人間になった直後だ」

このまま何もしなければ、二か月後にはモブ田との契約が不履行になり、夜羽は人間になる。亡命者のために魔界への扉が開かれるのは、その数日後ということだった。

「人間になったばかりで不安な時なのに、一人にして申し訳ない」

緒世もさんざん迷ったのだろう。次の機会まで待っても、二十年後。天使や悪魔にとってはそれほどでもないが、人間には長い年月だ。

「緒世さんは、もう決めたんですね」

夜羽の言葉に、ぐっと相手の身体が強張った。

「……すまない」

他に方法がない。これが、自分たちにとって最良の選択なのだ。

適性試験は誰でもいつでも受けられる。うまくすれば、すぐに帰ってこられる。でも、もし何かあったら？

考えればきりがない。不安は尽きない。

でも、夜羽より緒世のほうが不安は大きいはずだ。

「俺はまた、一人で突っ走ってるよな。これはエゴなのかもしれない。でも、あんたと同じ時間を生きたい」

すまない、と繰り返す。緒世はエゴだと言うけれど、最初に人間になると決めたのは、夜羽だった。

その選択を、緒世は受け入れてくれた。恋人にしてくれた。そして今、自らの身を危険に晒しながらも、夜羽と一緒に生きようとしている。

エゴではない。それだけ愛してくれているのだ。そのことに気づいて、夜羽は緒世の身体に身を擂《す》り寄せた。

「約束してください。絶対に無事に戻ってくるって」

息を詰める音が聞こえた。次の瞬間、強く抱きしめられる。

「ああ、約束する。早く帰ってくる。だから待っていてくれ」

こんなに自分を愛してくれる人に出会った。喜びと、でも不安が同時に襲ってくる。

「待ってます。ずっと」

この切なくもたまらなく愛しい感情が、緒世の中にもあるのだろう。そう思うとまた感情がこみ上げてきて、夜羽は恋人の胸に顔をうずめて、しばらく泣いた。


宙に浮かび上がった魔法陣が、赤く明滅している。陣の中央にある数字が、明滅のたびに減っていく。

契約履行の期限を知らせるアラートは、三日前から表示され始めた。夜羽が動くと、追いかけるように魔法陣も移動する。

見ているのも鬱陶《うっとう》しいので、ずっと非表示にしていたが、期限まであと数時間となって、再表示している。

「あと十分……」

夜羽は魔法陣のカウントダウンを見つめながら、思わずつぶやいた。あと十分で、自分は人間に変わる。今、頭に生えている巻き角も消えてなくなるだろう。

あってもなくても変わらないので、今まであまり気にしたことはなかった。悪魔から人間に変わるのも覚悟の上だったが、いざその時が迫るとやはり不安が募った。

そんな不安を察して、ソファの隣にいた緒世が夜羽の肩を労わるように撫でる。

「深刻になってもどうにもなりません。どうせならパーッといきましょう。ニューイヤーカウントダウンみたいな感じで」

仙仙がそう言って、キッチンからシャンパンとグラスを持ってきた。

いよいよ夜羽の契約期限となったこの日、緒世と夜羽と仙仙は、自宅で揃ってその時を迎えようとしていた。

もし一人でいたら、怖くてたまらなかっただろう。でも自分には、緒世と仙仙がいてくれる。

「……三、二、一」

最後の一分は、自然とみんなでカウントダウンを口にしていた。

ゼロ、と言いかけた時、目の前の魔法陣が弾け、目がくらむような光を発した。

思わず、光から顔を背ける。目を閉じた時、自分の中で確かに何かが変わるのを感じた。

再び目を開くと、光は消えていた。緒世が、眩しそうに瞬きをしながら、こちらを見る。

「夜羽様。角が……」

仙仙の声に、夜羽はそっと頭に手をやった。角が消えている。

何を言えばいいのだろう。頭が真っ白になり、唇が震えた。

「おめでとう、だな。それともハッピーバースデーか」

「夜羽様が、人間に生まれ変わった日ですものね」

緒世と仙仙の言葉に、自然と涙がこみ上げた。

「ありがとうございます、緒世さん。ありがとう、仙仙。ふ……不束者ですがっ、今後とも……ううっ」

感極まって、最後までは言えなかった。泣き出した夜羽の背中を、仙仙がぽんぽん、と叩いて慰めてくれる。その仙仙ごと、緒世は夜羽を抱きしめた。

三人で抱き合ったあと、シャンパンを開けて乾杯した。

緒世と仙仙がケーキとご馳走も用意してくれていて、誕生日パーティーみたいだった。

「私、誕生日を祝ってもらうの、何十年ぶりだろう」

人間になっても、ご馳走は美味しい。もっと何か、感覚もがらりと変わると思っていたのに、何も変わっていなくてホッとした。

「俺が戻ってきたら、毎年祝おう。仙仙のと、俺のもな」

嬉しい約束に、でもツキンと胸が痛む。来年の今頃、緒世は戻ってきているだろうか。それともまだ、魔界に留まったままか。

慌てて想像を振り払う。考えると悲しい顔になってしまいそうだ。せっかく二人が祝ってくれているのに、湿っぽい雰囲気にしたくない。

「いいですね。私も、緒世さんと仙仙の誕生日には腕を振るいますよ」

誕生日パーティーをどんなふうにするか、みんなで話し合った。ご馳走やケーキを食べて、お酒を飲んで、遅くまで楽しんだあと、眠る前は緒世に抱かれた。

毎日一緒に眠っているけれど、このところは暇さえあれば肌を合わせている。やがて来る別れの時を惜しむかのようで、夜羽は抱かれたあと、いつも切なくなった。

その日も何度も睦み合って眠った。

翌日、遅い朝食を食べて、二人でデートに出かけた。水族館とプラネタリウム。

——最後のデートは、どこに行きたい？　どこでも連れてってやるよ。

緒世に聞かれて、ギリギリまで迷って決めた。水族館もプラネタリウムも、付き合い始めの頃、緒世とデートで行った場所だ。

緒世が連れて行ってくれる場所はぜんぶ楽しかったけれど、この二つは特に気に入っていた。

水族館のお土産コーナーで、夜羽は思いついて、こっそりイルカのネックレスを二つ買った。ランチを食べにレストランに入った時、一つを緒世に渡した。

「何かお揃いで持っていたくて」

パッケージからイルカを取り出した緒世は、物珍しそうにそれを眺めた。

「すみません。緒世さんにはちょっと、子供っぽかったですよね」

渋みのある美貌の男が、可愛いイルカのネックレスを首にかけている姿は、想像するとなかなかシュールかもしれない。

単純に可愛いかったのと、小さいから邪魔にならないと思って買ったのだが、自分の単純な思い付きに恥ずかしくなった。

「いいや、嬉しいよ。ありがとう。けど、お互いに同じことを考えてたんだな」

緒世は言葉どおり嬉しそうに言って、ズボンのポケットから何かを取り出した。もしや緒世もイルカのネックレスを……と思ったが、違っていた。

「俺も、一緒の物を持っていたいと思ってた。あんたと離れている間の、お守りみたいなものかな」

取り出したのはリングケースだった。パカッとケースを開けると、中には二つ、シンプルな揃いの指輪が入っている。

「これって……」

「エンゲージリング、かな。マリッジリングのほうは、俺が戻ってきたら、一緒に買いに行こう」

それまで、これを持っていてほしい。そう言われて、夜羽は店の中だというのに泣きそうになった。嬉しさと、ほんのちょっとの寂しさ。

「ありがとうございます。嬉しい」

目が滲むのを懸命に瞬いて、夜羽は笑った。指輪を互いの薬指にはめ、イルカのネックレスも首にかける。

いつか緒世が無事に戻ってきたら、この時のこともいい思い出になるのだろうか。

レストランを出たあとも、二人はしばらく足の向くまま街を歩いて回った。

ずっとこの時間が続けばいいのにと祈りながら街をめぐって、でも楽しい時間はあっという間に過ぎてしまう。

あたりがうっすらと暗くなる頃、夜羽たちは自宅に戻ってきた。仙仙が待っていて、お茶を淹れてくれた。

いろいろと話したいことはあるのに、言葉にならない。それは他の二人も同じなのだろう。みんなお茶を飲みながら、言葉少なだった。

「あの、緒世さんの羽を見せていただけませんか」

緒世が腕の時計に目をやった時、夜羽は思いきって言った。亡命した天使を他に知らないから、魔界に降りて天使の姿がどう変わるのかわからない。純白の緒世の羽を、最後に見ておきたいと思ったのだ。

「……ああ」

夜羽の意図がわかったのだろう。緒世は立ち上がった。全身を覆うほどの大きな羽が、彼の背に音もなく現れる。美しい両翼がわずかに開いて閉じるのを見て、夜羽はため息をついた。

「いつ見ても、綺麗ですね」

そっと白い羽に触れる。彼と睦み合う時、あるいは彼の腕の中で眠る時、緒世はこの天使の羽を出して、自分と夜羽を守るように羽の中に抱き込むことがあった。柔らかなこの感触が、夜羽は好きだった。

ありがとう。言葉にはせず、心の中でつぶやいて羽に口づけた。緒世と抱き合い、キスをして、また抱きしめ合う。

いつまでもこうしていたいとまたも思ったが、時は無情に二人の抱擁を解いた。

ボストンバッグ一つだけを持って、緒世は出立する。魔界の一員になるのに、外界からあまり多くの物は持ち込めないのだ。

「じゃあ行ってくる。仙仙、夜羽を頼む」

「任せてください。緒世さんもお気を付けて」

仙仙とも抱擁を交わし、最後にもう一度、緒世は夜羽を抱きしめた。

「行ってらっしゃいませ。身体に気を付けてください」

「ああ」

「生水は飲まないでくださいね。ひったくりとかスリとか、あと置き引きにも気を付けてくださいあと、あとそれから……」

もっと気の利いたことを言いたいのに、出てくるのはそんな言葉だ。緒世のことが心配でたまらない。

緒世は喉の奥で笑い、夜羽の身体を強く抱きしめた。

「必ず戻ってくる。待っててくれ」

「――はい。待ってます。ずっと待ってますから」

家のドアを開けると、あたりはすっかり暗くなっていて、月が夜空に浮かんでいた。

よく晴れた満月の夜、緒世は魔界へと旅立っていった。


それからいくつもの季節が過ぎた。

緒世のいないマンションで、夜羽は今も仙仙と二人で暮らしている。

「仙仙。お弁当を忘れてるよ」

「わっ、ほんとだ。ありがとうございます。それじゃあ夜羽様、行ってきまーす」

朝、先に仕事に行く仙仙を見送って、洗濯物を干す。ベランダに出ると、刺すような寒気に触れ、夜羽はぶるっと身震いした。

時間を気にしながら手早く干して、今夜のご飯は何にしようかと考える。夜羽は緒世の便利屋でパートを続けていた。

緒世が魔界へ行く前に人手を増やし、社員教育も十分にしていったおかげで、代表が不在でも事務所はうまく回っている。

夜羽は力仕事は苦手だが、すっかり事務仕事を覚え、一人前の戦力になっていた。なかなか忙しい毎日で、あっという間に一週間が過ぎる。

週末は基本的に休みで、仙仙とゆっくり過ごすか、王家の人たちと食事をしたり、余暇を楽しんでいた。

王家以外にも、友人知人が増えた。便利屋の従業員や、人間界で暮らす魔族や天使たちだ。時たま、彼らと遊ぶこともある。

毎日が充実している。ただ、緒世だけがいない。

できるだけ早く戻ってくると言ったけれど、彼が不在のまま三度目の冬を迎えていた。

一度だけ、人間界で仕事をしている魔界貴族を経由して、緒世から手紙が届いた。

無事に移住の手続きが終わり、移民の収容施設を出たことが記されていて、ひとまずホッとした。

ただ、「召喚士」の適性試験については、定まった住所がない者、また魔界に定住して三年未満の者には試験資格がないとわかり、定住先と当座の仕事を探しているとのことだった。

住む場所がなければ試験を受けられない。部屋を借りるにも金が必要だろう。手紙の文面は明るく、夜羽への気遣いに満ちていたが、彼が魔界で苦労していることは容易に想像できた。

恋人が苦労しているのに、何もできないことが歯痒い。

夜羽にできるのはただ、緒世の無事を祈ること、それから彼がいつ戻ってきてもいいように、家を整えることだった。

出勤時間を気にしつつ朝の家事を済ませ、事務所へ行く。事務所を掃除するのも、夜羽の仕事だ。緒世が人手を増やす前は多忙で散らかり放題だったが、スタッフが増えて各自に整理をする余裕が生まれ、夜羽が事務員として勤めるようになってからは、共有スペースまできちんと整頓され、清潔さが保たれていた。

電話応対やスタッフの勤怠管理、その他あれこれ、一日中忙しく働いて、定時きっかりに退社する。

事務所を出る頃には、同じく仕事を終えた仙仙から夜羽の携帯電話に「今夜はクーリンさんと飲んで帰ります。晩ご飯はいりません」とメッセージが入っていた。そういえば今日は、給料日後の初の金曜日だ。

最近、クーリンと仙仙は地ビールにハマッていて、暇を見つけては二人して、地ビールを出す店をめぐっている。そのうちブログを始めるとか始めないとか。

（仙仙も、すっかり馴染んでるなあ）

人間界での生活を謳歌《おうか》していて、そういう仙仙の逞しさや明るさに救われている。自分も趣味の一つくらい見つけなければ、と考える今日この頃である。

「あれ、夜羽さん」

一人分の夕食をどうしようかと考えつつ、いつものスーパーへ寄ると、店の前でばったりヴィクターと出くわした。

「夜羽さんも、今から買い物ですか」

聞けばヴィクターも、今日は家の人たちがみんなそれぞれ、外で食事をすることになり、一人分の食事をどうしようかと迷っているのだそうだ。

ならば二人で食事をしよう、ということになった。今からではお店はどこもいっぱいだろうから、というヴィクターの提案で、王家の食卓を借りることに決まった。

「そうか。そういえば、忘年会とクリスマスのシーズンなんですね」

ヴィクターに言われるまで気づかなかったが、駅前の人通りの多さを見て、もうそんな時期だと気づく。

去年も一昨年も、王家の人たちとクリスマスパーティーをやった。去年は便利屋で忘年会も開いて、慌ただしくも楽しい年末を過ごした。

この時期はいつもバタバタと忙しく、でも楽しくて、少し物悲しい。

お祭り気分で友人知人と騒ぐ中、誰よりも一緒にいたい人がそばにいない。離れて異郷に暮らす恋人が飢えていないか、寒さに震えていないかと心配になる。

とどのつまり、何をしても緒世のことが気になるのだ。

「寒いから、お鍋にしましょうか。店子さんのご実家から、お野菜をいただいたんです」

「嬉しいですねぇ。最近また、野菜が高いから」

スーパーで残りの食材とビールを買って、王家へ行く。二人で鍋をつつき、おしゃべりをしていたらあっという間に時間が過ぎた。

片付けをして王家を辞したが、仙仙はまだ家に帰っていない。

「また、朝帰りコースかな」

給料日のあと、仙仙とクーリンが二人で飲むとだいたい朝帰りになる。さんざん飲んだあと、徹夜カラオケをするのだ。それで、帰ってくると声がガラガラに嗄《か》れていたりする。

夜羽も以前、彼らに誘われて一度だけ参加したが、途中で体力が持たなくて、カラオケボックスのシートに沈没した。

二人とも元気だなあ、と呆れながらも感心してしまう。

「そういえば緒世さんも、カラオケとかするのかなあ」

緒世が戻ってきたら、一緒に行ってみたい。

そんなことを考えていたら、ふと、恋人とデートをした時の思い出が連鎖的に浮かんできて、泣きそうになった。慌ててしぱしぱと瞬きする。自分が泣いて暮らしていたら、緒世が報われないではないか。できる限り楽しく過ごすのだ。

明日は仕事もお休みだから、ダラダラと夜更かしすることに決めて、ゆっくりと風呂に浸かった。

風呂から上がると、リビングで録画していたドラマを観る。

家のインターホンが唐突に鳴ったのは、真夜中、日付が変わってからだった。

「はいはい。今開けますよ」

てっきり、酔っぱらった仙仙が鍵でもなくしたのだと思った。しかし、玄関を開けてそこにいたのは、思いもよらない人たちだった。

「流可さん。それに、亜門さんも？」

今日は二人で、仕事帰りにデートに出かけたのだと、ヴィクターが言っていた。どうしたのだろう。

「夜分にごめんね。どうしても、早く渡したいものがあって」

亜門が言えば、流可がうなずいて一通の手紙を差し出す。

「ついさっき、亜門の知り合いが、うちに届けに来てくれたんだ」

真夜中に届く手紙なんて、普通の郵便物ではない。予感がして、恐る恐る手紙を受け取った。差出人は魔界の貴族からだった。緒世が以前、連絡係をお願いした悪魔だ。

「これ……」

「まだ、俺たちも中身は見てないんだ。でも、たぶんそうだと思う」

そう言った流可は、頬を紅潮させている。

「とりあえず、俺たちはこのまま帰る。でも、もしも困ったことがあったら連絡して。いつでもすぐに駆けつけるから」

亜門の言葉が心強かった。

「……ありがとうございます！」

一人になって、手紙を胸に押し付ける。

「やっと……やっと来た」

きっと望んでいた便りだ。でも、もし違ったら？　何か悪い知らせだったらどうしよう。

不安と期待で、封を開ける手が震えた。

中には、メッセージのようなものは何もなく、ただ魔法陣が描かれた紙片だけが入っていた。

複雑な陣形の中に、魔界にいた者だけが読める文字が潜んでいる。この魔法陣の所有者である、悪魔の名前だ。その名前を目にした時、安堵のあまり膝から頽れた。

「緒世さん……っ」

確かにそこには、「オセ」と書かれていた。これは緒世の魔法陣だ。彼は成功したのだ。

夜羽はガクガクする自分の膝をぺしっと叩いて活《かつ》を入れた。座っている場合ではない。

夜羽は立ち上がると、この日のために用意しておいたブルーシートとマジックを物入れから引っ張り出した。

それからキッチンへ行って、果物籠《くだものかご》からリンゴを一つ、持ってくる。

リビングのソファを端に寄せ、フローリングの上にブルーシートを敷き、その上に魔法陣を描いた。

魔法陣は必ず、一つも間違えることなく正確に描かなくては、悪魔を召喚できない。丁寧に丁寧に描き上げた。

魔法陣ができると、悪魔を召喚する呪文を唱える。元「召喚士」だから、何も見なくても淀《よど》みなく唱えることができた。

(緒世さん……)

無事に、帰ってきてほしい。必死な祈りと共に呪文を唱え終えると、黒マジックで描いた魔法陣が白く発光を始めた。

カッ、と目の眩むような光が部屋を満たしたあと、夜羽の目の前にバサッと黒い翼が現れた。

身体を覆うほど大きく、艶やかな両翼。以前、夜羽はこの翼を見たことがある。

あの時は、真っ白だったけど。

「──ただいま、夜羽」

男臭い美貌が、夜羽に微笑みかける。目が潤んで、悪魔の姿がぼやけて見えた。

ぼんやりした視界の向こうで、男は両腕を広げる。夜羽はその腕の中に飛び込んだ。

「緒世さん。お帰りなさい。──会いたかった」

ああ、とため息のような肯定が漏れる。強く抱きしめられた。二人の首にかけたイルカのネックレスが、コツンと触れ合う。

「その羽。黒くなってしまったんですね」

純白の美しい羽だったのに。だが緒世は、気にしていないようだった。

「あっちに移ってしばらくしたら、黒く変わってた。向こうの空気とか水とかが関係してるのかね。けど、黒いのも悪くないだろ?」

「すごく綺麗です」

どちらの緒世も綺麗だ。でもその羽も、すぐになくなってしまう。

長いこと抱き合って、口づけをかわし、何度も再会を喜んだあと、二人はようやく抱擁を解くことができた。

「それじゃあ。そろそろお前の望みを聞こうか」

ニヤッと笑う緒世は悪辣《あくらつ》で、願望と引き換えに人間の魂を奪う悪魔の役が、とてもよく似合っている。

夜羽はそんな恋人の姿に見惚れつつ、キッチンから持ってきたリンゴを差し出した。緒世が不審そうに眉を引き上げる。夜羽はフフッといたずらっぽく笑った。

「私の願いはこれです。このリンゴを、誰にも、一口も食べられないようにしてください」

なるほど、と悪魔も笑う。

「承知した」

身を翻《ひるがえ》し、自らの魔法陣に契約内容を書き加える所作は、生粋の悪魔だった夜羽より、よほど堂に入っていた。

魔法陣が再び発光し、契約遂行期限が表示される。しかし、二人にとって、期限がいつかはどうでもよかった。

「契約完了だ」

緒世が言い、夜羽はリンゴを渡す。緒世はそれを受け取ると、カシュッと小気味よい音を立てて齧りついた。

同時に、魔法陣が赤く明滅する。夜羽の時とは違い、終わりまでは一瞬だった。

魔法陣が光と共に霧散し、緒世の背中にあった黒い両翼が、音もなく消えていく。

——誰にも、一口も食べられないようにしてほしい。そのリンゴを、緒世が食べてしまった。これで契約は不履行。

緒世は晴れて、夜羽と同じ人間になれたのだった。

「なんというか。あまり変わらないものだな。ちょっと、背中がスースーするが」

羽のなくなった背中を振り返り、緒世が言う。はい、と夜羽はうなずいた。

「天使でも悪魔でも、人間でも。緒世さんは、変わらずカッコいいです」

緒世は笑って、夜羽を抱きしめた。

「あんたも。相変わらず綺麗だよ」


キスを始めると、そこから止まらなくなった。

唇を合わせるたびに喜びや安堵がこみ上げ、もっと、と相手の唇を求める。

「仙仙は？」

緒世もしばらくは、無言のまま夜羽の唇を貪《むさぼ》っていたが、やがて気づいたようにあたりを見回した。

「給料日後の週末なので、クーリンさんと飲みに行きました。たぶん、朝までカラオケコースかと」

「すっかり馴染んでるんだな。三年も経ったんだから、当然か」

緒世は感慨深げに言う。そんな恋人の顔を、夜羽はじっと見つめた。

「少し、痩《や》せました？」

痩せたというか、やつれたような気がする。緒世は笑って否定しなかった。

「やっぱり、苦労されたんですね」

たった一人、ほとんど何も持たずに異界に放り出されたのだ。

「苦労っていうか、まあ大変は大変だったな。けど、天界から人間界に来た時よりはましだよ。二度目だし、何より今回は、あんたが待っててくれるって希望があったから」

でも、不安はあったはずだ。緒世は昔、恋人と駆け落ちをしようとして裏切られた。魔界に降りたあと、夜羽が心変わりするのではないかと疑心暗鬼に陥りはしなかったか。

せっかく自分の魔法陣ができても、夜羽が呼び出してくれなくては、人間界に戻ることはできないのだから。

きっとこの三年、緒世もいろいろなことを考えただろう。夜羽が夜ごと、彼のことを考えて寝付けなかったように。

それも今夜終わった。もう二人を隔てるものは何もない。

「あんたを抱きたい。今すぐ。いいか？」

熱っぽい囁きに、大きくうなずいた。夜羽も同じ気持ちだった。

リビングから、緒世の寝室に移動した。以前と変わらず、清潔に整えられた室内を見て、緒世は目を細める。

「夜羽、ありがとう」

噛みしめるような言葉に、涙が溢れた。

「……寂しかった」

堪えていた本音が漏れた。緒世はぐっと息を呑んだかと思うと、荒々しく口づける。両腕で夜羽の身体を掬《すく》い上げると、ベッドの上に横たえた。着ていた服を互いに脱ぎ捨てたが、その間にも離れているのが惜しくて、何度もキスをした。

やがて裸になった夜羽を、緒世はじっと見下ろした。

「そんなに見ないでください」

無言のまま見つめられて、恥ずかしくなる。

「なんで？　綺麗だよ。三年経っても綺麗なままだ。いや、ちょっと色っぽくなったかな」

「ひ、人をからかって」

緒世は色事に慣れているけれど、夜羽なんてもともと疎い上に、三年間そっちのことは何も更新されていなかったのだ。むしろ退化している。

「からかってなんかいない。離れてる間、あんたを抱いた時のことを何度も思い返してた。やっと本物が抱けるんだなって、感慨深くてな」

言って、緒世は夜羽の胸元に唇を落とす。素肌に触れる柔らかく温かな感触に、びくんと身体が震えた。

「あ……」

彼に身体ごと愛されていた日の記憶が、唐突に呼び覚まされる。肌に口づけられるたび、快楽が深くなった。

「あ、あ……待っ……」

身体だけでなく、心までもが満たされていく、この快感はなんだろう。

「待てない」

冗談半分、本気半分で緒世は言い、乳首をついばんでいた唇が、徐々に下へと降りてくる。ヘソのあたりにキスをされ、さらに下生えに吐息がかかったところで、夜羽は慌てた。

「え、あの」

まさか、と思った時には緒世はニヤッと不敵に笑い、夜羽の性器を咥《くわ》えていた。

「だめ、だめですっ」

恥ずかしくてジタバタしたが、身体にうまく体重を乗せられていて、抗えない。

「そういえば、離れる前はこういうことはしなかったなって、思ってな。魔界に行って、やっとけばよかったたって後悔した」

「……何言ってるんですか、もう」

緒世は脚の間で言い、真っ赤になる夜羽を楽しそうに眺める。

そう、口淫は初めてだった。されるのは初めてだし、したこともない。緒世が魔界に行く前、何度か抱かれたが、夜羽が恥ずかしがってテンパってしまうので、ごくごくスタンダードなセックスしかしなかった。

でも、緒世は物足りなかっただろうか。

ふと夜羽がそんなことを考えている間に、緒世は口淫を再開する。ねっとりと舌が亀頭に絡み、ジュプジュプと音を立ててしゃぶられた。

「ひ……あぅ……」

手で扱くのとは、刺激がまったく違う。

「ああっ、やっ」

鈴口に舌先を入れられ、ぐりぐりと弄《いじ》られると、もうたまらなくなって、身を震わせ喉を反らせて射精した。緒世は夜羽の放った精を嚥下《えんげ》する。

「うわあぁぁ。何してるんですかっ。ペッしてください。ペッて」

「もう飲んじまったよ。それに、こんなんで恥ずかしがってたら持たないぞ。これからもっと恥ずかしいことするんだから」

緒世は、夜羽がうろたえるのが楽しいらしい。意地の悪い笑いを浮かべて言い、射精したばかりのペニスを再び咥えこんだ。

まだ芯の残ったそれをしゃぶり、大きく熱い手が、陰嚢《いんのう》をやんわりと揉みしだく。イッたばかりで亀頭を吸われると、くすぐったくて尻の奥がムズムズした。

「ん……っ」

我知らず、後ろの窄まりがきゅん、と収縮する。そこへ緒世の指が伸びた。

触れられる、と身を硬くすると、指はくるりと窄まりを撫で、すぐに離れた。拍子抜けしたのも束の間、ぐっと腰を持ち上げられる。

緒世の顔が沈み、後ろにぬるりと柔らかなものが差し入れられた。

「な、な……だめ」

自分のされていることが信じられなかった。

しかし、緒世は容赦《ようしゃ》なく舌を抜き差しし、生まれて初めて覚える快感と刺激に、なすすべもなく身を震わせた。

「ふ、ぅ」

恥ずかしいのに、気持ちいい。羞恥と快楽が混ざって、夜羽は涙目になった。

「また、あんたは可愛い顔して」

それを見た緒世は、たまらない、というように、獰猛《どうもう》に笑う。身を起こして、震える夜羽の額にキスを一つした。そのまま夜羽の腰を抱える。

「あ……」

怒張した緒世のペニスを目にして、思わず喉が鳴った。この逞しい雄で内壁を擦られる感覚を、自分の身体は覚えている。

物欲しげな顔をしていたのだろうか。緒世は夜羽を見て軽く目を細め、サディスティックな笑みを浮かべた。

「夜羽」

笑みとは裏腹に、優しい声が夜羽を呼んだ。

逞しい雄が、ゆっくりと夜羽の中に入ってくる。

「ふ……うっ」

緒世と繋がっている。その事実に、胸が震えた。

根元までペニスを収めると、緒世はホッと安堵するようにため息をつく。

「やっと、あんたを抱けた」

その言葉に、じんわりと胸が熱くなった。

……やっと。緒世が戻ってきたのだ。もうどこにも行かない。

「緒世さん……よかった。無事に帰ってきてくれて、よかった」

夜羽がつぶやくと、強く抱きしめられた。甘い口づけをかわしながら、緩やかな律動が始まる。

「ん、ぅ……」

奥まで突き立てられ、息を吐くと、「痛いか？」と心配そうに尋ねられた。夜羽は小さくかぶりを振る。

「逆です。気持ちよすぎて」

すぐに達してしまいそうだ。緒世は薄く微笑んだ。

律動が次第に速くなっていき、這い上がる快感に夜羽は我を忘れて嬌声《きょうせい》を上げる。

「あ……あ……」

気づけば夜羽自身、緒世の動きに合わせて腰を振りたくっていた。

ズクズクと緒世の逞しい男根が、最奥を激しく突き立てる。

「ひ……ぃ」

抱きしめられた二人の身体の間で夜羽のペニスが擦れ、強い刺激に精を噴き上げた。

ビクビクと身体が震え、緒世の欲望を食い締める。耳元で切なげな吐息が聞こえ、ぎゅっと抱きしめられた。

奥までぐっと突き上げた緒世が、動きを止める。じわっと繋がった場所が温み、中に出されたのがわかった。

「これからはこうして、何度でもあんたを抱けるんだな」

緒世の言葉に、夜羽も「はい」と微笑む。

もう、何も憂うことはない。二人の心は安らかで、幸福に満たされていた。

エピローグ

元旦の午前中、近所の神社はすでに、参拝客でごった返していた。

「おお。噂に違《たが》わずすごい人出だな。はぐれないようにしないと」

緒世が言い、手をさりげなく握ってきたので、夜羽はつい顔を赤らめた。

「あっ、甘酒。緒世さん、夜羽様。甘酒がありますよ」

人型になった仙仙が、はしゃいだ声で言う。

「それはあとだよ。ちゃんと、神社の神様にお参りしてからじゃないと」

夜羽はたしなめるが、甘酒かあ、とわくわくしていた。

今日、緒世が人間界に戻って初めての正月を迎えた。一緒にハレの日を迎えられるのが嬉しい。

年末には、王家の人たちや便利屋のスタッフ、それに人間界でできた魔族や天使の友人知人を呼んで、忘年会を兼ねた緒世の慰労会を開催した。

幹事は夜羽と仙仙で、会場の予約から料理の手配、その他もろもろを二人でやった。

——立派になったなあ。

緒世は、てきぱき仕切る二人に、孫の成長を見るおじいちゃんのような目をしていた。

夜羽自身も、人間界に馴染んできたなと思う。

この土地に来た当時は、右も左もわからなかった。モブ田のアパートから追い出され、途方に暮れていたのを懐かしくさえ思う。

モブ田といえば、あれから彼女と結婚し、今もイギリスに住んでいる。昨年には子供が生まれて、子供の写真付きのクリスマスカードが送られてきた。

実家からは勘当されたらしいが、家族で幸せに暮らしているようだ。ＳＭ趣味がどうなったのかは、聞いていない。

緒世は先月人間界に戻ってきたばかりで、今はまだ仕事を休んでいる。

幸い、便利屋は代表がいなくても回っている。それで、少しばかり長めの休暇を取ることにしたのだ。

この数年、魔界で苦労をしたのだから、しばらく休んでもバチは当たらないだろう。ゆっくり休む間、二人であちこちデートに行く予定だ。緒世が戻ってきたら、ああしたいこうしたいと思っていたことを、少しずつ消化していくのだ。

やりたいことの一つが、この初詣《はつもうで》だった。

天界も魔界も初詣なんて習慣はなかったから、三人ともこれが初めてだった。テレビのニュースでは見ていたが、画面で見るのと実際に体験するのとは違う。

「あっ、綿あめ。この神社、屋台が出てますよ」

仙仙をたしなめたそばから、夜羽が綿あめの屋台を見つけて興奮する。緒世が苦笑する。

「まずは、神様にお参りするんだろ」

「はい。そのあと甘酒を飲んで、綿あめを買って」

「夜羽様、おみくじも引きたいって言ってましたよね」

「そうそう。そうだった。あと破魔矢《はまや》も買いたい」

「盛りだくさんだな」

緒世は呆れたような口調で言うけれど、楽しそうだった。

あれもこれも、緒世とやりたいことがたくさんありすぎる。「やりたいことリスト」に書き出しているのだが、日に日に増えていく。

でも、問題ない。人間は意外と長生きだから。

参拝客の列に長らく並んだあと、ようやく夜羽たちの番が来た。調べておいた作法のとおり、賽銭箱《さいせんばこ》にお賽銭を入れ、柏手を打つ。

「次は甘酒！　身体を温めましょう」

参拝が終わると、仙仙が先陣を切って甘酒に向かっていく。夜羽と緒世はクスクス笑いながら、それを追いかけた。

「さっき、神様に何をお願いしたんだ？」

緒世がふと、夜羽に尋ねた。

「それはたぶん、緒世さんと同じことを」

これから先もずっと、家族みんなで幸せに暮らせますように。

「毎年祈り続ければ、きっと叶うだろうな」

来年も再来年も……年をとってもずっと、同じことを繰り返し祈り続ける。

「それではこれが、記念すべき一回目というわけですね」

何十年後か、老いた二人が真っ先に思い出すのは、きっとこの始まりの日のはずだ。

恋人の手の温もりを感じながら、夜羽はうっとりと未来を思い描いた。

あとがき

こんにちは、初めまして。小中大豆《こなかだいず》と申します。

今回のお話は、『腹黒天使はネコ耳王子と恋に落ちるか』のスピンオフとなっております。もちろん、今作のみ読んでいただいてもお話はわかると思いますが、亜門《あもん》や流可《るか》をはじめ、王家《おうけ》の人々が活躍しておりますので、気になった方はぜひ、前作もよろしくお願いします。

前作に引き続き、すがはら竜《りゅう》先生にイラストをご担当いただきました。いろいろご迷惑をおかけしたにもかかわらず、素敵な世界に仕上げていただき、感謝の念に堪えません。

担当様にも大変ご苦労をおかけしました。本が出せて嬉しいです……。

そして最後に、ここまで読んでくださった読者の皆様、ありがとうございます。前作を応援していただいたおかげで、どうにかスピンオフを出すことができました。

今作を少しでも楽しんでいただけたら幸いです。

それではまた、どこかでお会いできますように。

Splush文庫

この本を読んでのご意見・ご感想をお待ちしております。

◆ あて先 ◆

〒101-0051

東京都千代田区神田神保町2-4-7 久月神田ビル7階

㈱イースト・プレス　Splush文庫編集部

小中大豆先生／すがはら竜先生

やさぐれ天使《てんし》は落《お》ちこぼれ悪魔《あくま》に甘《あま》すぎる

2019年11月27日　第1刷発行

著　　者　小中大豆《こなかだいず》

イラスト　すがはら竜《りゅう》

装　　丁　川谷デザイン

編　　集　河内諭佳

発 行 人　安本千恵子

発 行 所　株式会社イースト・プレス

〒101-0051

東京都千代田区神田神保町2-4-7 久月神田ビル

TEL 03-5213-4700　FAX 03-5213-4701

印 刷 所　中央精版印刷株式会社

ISBN 978-4-7816-8618-9

定価はカバーに表示してあります。